正能量·美文馆

生命的图腾就在脚下

SHENGMING DE TUTENG JIUZAI JIAOXIA

主编◎王国军

郑州大学出版社

图书在版编目(CIP)数据

生命的图腾就在脚下/王国军主编．—郑州:郑州大学出版社，
2015.2(2023.3 重印)
(正能量·美文馆)
ISBN 978-7-5645-2135-6

Ⅰ.①生…　Ⅱ.①王…　Ⅲ.①散文集-中国-当代　Ⅳ.①I267

中国版本图书馆 CIP 数据核字（2015）第 006136 号

郑州大学出版社出版发行
郑州市大学路 40 号　　邮政编码:450052
出版人:孙保营　　发行部电话:0371-66658405
全国新华书店经销
三河市鑫鑫科达彩色印刷包装有限公司印制
开本:710 mm×1 010 mm　1/16
印张:13
字数:194 千字
版次:2015 年 2 月第 1 版　　印次:2023 年 3 月第 2 次印刷

书号:ISBN 978-7-5645-2135-6　　定价:42.00 元
本书如有印装质量问题,请向本社调换

编委名单

主　编　王国军

副主编　郜　毅

编　委　朱成玉　包利民　马　浩　鲁先圣
古保祥　崔修建　侯拥华　纪广洋
凉月满天　张军霞　积雪草　程应峰
巴　陵　鲁小莫　刘清山　顾晓蕊
石　兵　李良旭　卫宣利　孙道容
汪　洋　清　心

序

曾和一群朋友讨论过，什么样的生活是我们想要的。我想，这种生活，首先是自由的、快乐的，令人满意的，并且能通过自己的双手演绎得精彩无限。

也许每个人都希望自己是幸运的，做什么事情都一帆风顺，但命运这架天平的砝码，却永远掌握在自己的手里，想要多好的生活，就应该付出多大的努力。中间多艰难不要紧，只要肯努力，总会有一条路能走出精彩。

但很多时候，看到别人被鲜花和掌声簇拥，很多人并不去想那掌声和鲜花背后的汗水和泪水，却总是怨恨老天的不公，哀叹自己的怀才不遇。仔细想想，没有奋斗，哪来的成功？因此，不要羡慕别人的成功，不要埋怨自己付出了却没有收获，应该静下心来，想一想，你真的为你的梦想做到问心无愧了吗？

我们来看看这个奋斗的“奋”字吧，上下拆开，就是“一”“人”“田”三个字。你想想啊，一个人在一块很大的田地里劳作，能不辛苦吗？可是，也只有辛苦劳作，才会有收获，才会有成功。任何成功都不是平白无故而来的，不是躺在家里做白日梦就能得来的，必须“奋斗”才行。“奋”是一种态度、一种气魄、一种谋略，而“斗”却是实干，是争取。

当然，要想成功，也并不是仅靠奋斗就行的，还要善于把握机遇，人生总有很多偶然，每次偶然也都是一次机遇，只要抓住其中一次机会，坚持不懈，就能改变自己的命运。

编选“正能量·美文馆”丛书，是我们响应广大读者的阅读要求，新扩展的贴近生活、贴近心灵的系列图书，也是一套教你排除负面情绪，掌控正向能量的心灵之书。“正能量·美文馆”丛书共计十卷，精选《读者》《青年文摘》《格言》《知音》等知名杂志作家最温暖人心的心灵美文，作者涵盖朱成玉、王国军、刘清山、包利民、马浩、鲁先圣、孙道荣、清心、古保祥、崔修建、侯拥华、纪广洋、凉月满天、张军霞等人。

这些精选的美文内容生动、充实，或出自你我身边，或源自经典案例，或来自于内心深处的思想结晶，在这些文字中，你可以感悟青春，体验爱，领略成功的魅力……

编者

2014 年 8 月

目录

第一辑

有些爱，馨香流淌

第二辑

当努力成为梦想的阶梯

第三辑

世界因我而美好一点

第四辑

别把春天藏在心底

第五辑

此时,就是最好的时机

第六辑

苦难是一粒种子

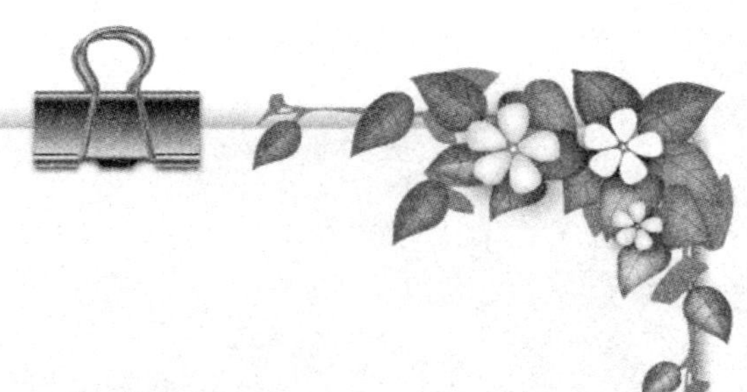

第一辑

有些爱，馨香流淌

只要我们有一颗充满好奇、期待、希望的心，总有一天，它会赋予我们有着多重视角的一双慧眼，看清这无穷变幻的世界。于是，那种唯我独尊的感觉消失了，互相尊重的关系诞生了。世界，就真的不一样了。

三百六十五个妈妈

闭 月

那天黄昏，傅伟明刚把顾客做好的坯子送进窑里，就见一个老大爷推门进来。老大爷六十多岁，身材魁梧，穿着朴素，一张阡陌纵横的脸上，写满岁月的沧桑。老大爷一进门，就满眼的惊奇，他先东张西望地把那些正在和泥、拉坯、雕刻、上色、打磨……忙得起劲的人们看了一个遍，才大声地说："老板呢？谁是这儿的老板？"

"我是。老大爷您也想制陶吗？"傅伟明见状，急忙迎上前去。

"不，不，要玩泥巴，俺就到河套去玩，谁花钱到这里玩……"

"那您是来……"傅伟明疑惑不解地问。

"我是来问你一件事的，刚才是不是从你这儿走了一个背着书包的小孩？"

"小孩？到我们陶吧来的小孩多了，您说的是哪一个啊？"

"就是坐在这里的那个，大眼睛、尖下巴的孩子。我刚才扒着窗户，看见他就在这里捏泥人。"

"哦，没错，刚才是有一个小孩在这儿捏泥人了，他刚走，你现在追他还来得及。"傅伟明好心地提醒他。

"不，我不想追他，我只是想来问问你，他经常到你们这儿来吗？"

"嗯，我的陶吧刚开业不久，他已经来过三四次了吧。每次来他都给我十元钱，捏一个小时的泥人就走……对了，他还让我把那些泥人都给他存着，说等以后一起烧制呢。"

"作孽啊，原来这小子天天偷我的钱，是跑到这里玩泥巴，看我回去不揍

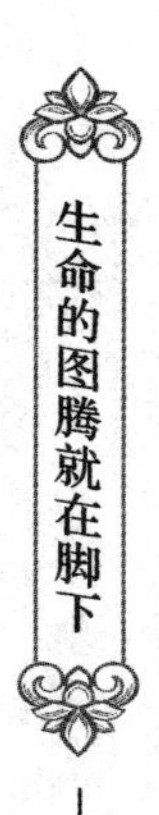

他!”老大爷听了傅伟明的话,气得一跺脚,说。

“啊,他偷你的钱——你是他的……?”

“他是我孙子,他妈妈得白血病死了,他爸爸为了挣钱还给她妈妈治病欠下的债,就让我照顾他。没想到这孩子平时看着挺老实的,竟然为了玩泥巴做起小偷小摸的事情了。唉!这样下去,我将来可怎么向他爸爸和死去的妈妈交代呀!”老大爷痛心疾首地说。

“老大爷您别急,他偷钱出来玩,是不对。不过孩子还小,不懂事,我们可以慢慢教育他。”傅伟明见此情景,急忙开导着老人。

“嗨!他这么贪玩不学好,我能不急吗?”

“好了,大爷,我保证,以后再也不让他来玩了。不过,还有一点我没有告诉你,你孙子确实有些艺术天赋。他捏的泥人,真的很生动、很逼真呢,不信我带您看看去。”傅伟明说着便把老人拉到了一个柜台前,然后用手一指说:“喏,这些泥人都是他捏的。”

老大爷顺着他的指引望去,就惊呆了。他看见陶吧的玻璃柜台里,陈列着许多泥人。这些泥人有刚做的,也有以前做的。尽管它们大小不一,穿着不同,情态各异,但却惟妙惟肖,活灵活现。“啊,这不是他妈妈吗?原来他偷钱跑这儿是为了捏他妈啊!唉!这孩子是可怜,这么小就没了妈妈。”老大爷说着说着,眼睛就已经湿润了。

“哦,原来是这样啊!我说他每次捏泥人的时候,神情怎么都那么的专注呢,看来他真是想妈妈了。”傅伟明听了忙接过话茬说。

“真是个傻孩子哟,想妈妈了就想妈妈呗,可捏这些泥妈妈有什么用啊?”老大爷边望着那些泥人,边不停地絮叨着。

“大爷,你不明白,这可能就是他向妈妈表达思念的一种方式吧。这样吧,你回去先别说他,等他下次再来的时候,我问问他是怎么想的,好吗?”

“好,那就劳你费心了,等过些日子我再来,听听他是怎么对你说的。”

傅伟明送走了老人以后,望着柜台里的那些泥人,心情感到格外的沉重。

等那个小男孩再来陶吧捏泥人的时候，傅伟明便故意地称赞道："小朋友，你的泥人捏得真好，真漂亮，能告诉叔叔，你捏的是谁吗?"

"我捏的是妈妈。我妈妈当然漂亮啦，她是世界上最漂亮的妈妈。"男孩一边神情专注地捏着手里的泥人，一边无限深情地说。

"哦，是吗? 那你妈妈在哪儿上班，她今年多大岁数了?"傅伟明又试探着问。

"我妈妈她……她生病死了，我好想她啊……"男孩一下子哽咽起来，用沾满泥巴的手抹了一下自己的脸。

"对不起，叔叔不知道。你别哭，叔叔也来帮你捏好吗?"

"不，不用! 我的妈妈我自己捏，不许别人捏!"男孩仰着一张花猫似的小脸，用手护着那些泥人和泥巴，大声地说。

"好好好，叔叔不帮你捏了。那你能告诉我，你到底想捏多少个妈妈?"

"三百六十五个。等我捏够了三百六十五个，我就让叔叔烧制了，然后我好带回家去。以后我每天上学的时候，都带着一个泥妈妈，睡觉的时候也搂着……那样，我就和别的同学一样，天天都有妈妈了。"男孩说这话的时候，眼里闪着异样的光芒。

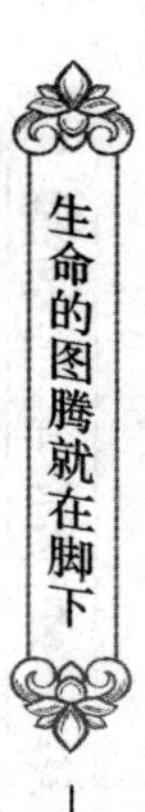

在阳光下晾晒往事

薛俊美

当情绪的低谷袭来，常常感觉自己就要承担不了生活的磨砺和重负时，当心烦意乱缠绕身心，频频感受到自身的无助和迷茫时，我俯首省察身后的路，将满腹的心事拿到阳光下晾晒，想不到那里竟然有许多美丽和温暖的过往在和我捉迷藏，让我含着泪微笑，那感觉像极了母亲煮的白粥，氤氲的热气潮湿了我的眼睛。

那是一个美丽的黄昏，因为和母亲争执了几句，我一个人跑到小河边，发泄内心的不满。为什么别人家的孩子穿得光鲜亮丽，而我却只能穿姐姐穿旧的衣衫？为什么别人家的孩子放学后父母已给做好美味佳肴，而我和姐姐却要背着竹筐去南山给家里的小兔和小羊撸叶薅草？更让我自卑的是，为什么别人家的孩子都有爸爸，而我和姐姐却是没有爸爸疼爱和呵护的孩子？

我悲愤地呜咽着，恨恨地折下一根树枝，去击打水面，仿佛那里埋着我的深仇大恨，高高飞溅的水花打湿了旁边一位垂钓长者的衣衫。

我红着脸连忙说对不起，脸上的泪痕犹在。

老人摆摆手，让我坐下，开始自言自语："你看远处的那些树，安静而高贵地站在那里，你根本就看不出它们在昨夜的暴风雨中瑟瑟发抖的狼狈。狂风卷折了它的枝叶，暴雨浇透了它的身心，大树从不抱怨和愤恨，我们只看到它站得更直，立得更稳。风渐渐退却，雨后初霁，你看大树的每一枚叶子上都闪烁着晶莹璀璨的光彩，那是从内心散发的宁静和美丽。不管外界袭来怎样的风雨，心灵依然坚守一份美好和温馨，再猛再大的风雨也会被踩在脚下，甩在身后。有风袭来，会吹散所有的怨气和怒气；有雨落下，会洗刷干净所有的阴霾和腌臜。这样的心里，填满的就不再是怨恨、愤怒和污垢，只剩下淡然和宁静。周围，蓝天依旧蓝，白云依旧白，绿树依旧绿。而最重要的，你依然是你，你的内心将会变得更加强大和宽容。”

老人收回远眺的目光，俯首看着眼前的流水，继续自说自话：“我唯一的儿子不幸因公殉职，白发人送黑发人的心痛，让我痛不欲生，几次想一死了之。可是想想儿子生前的最后一句话，是希望我将他未活完的人生活完，天堂里的他一定不希望我整天以泪洗面。想着儿子，我唯有擦干眼泪，把本属于儿子的精彩沿承下去。我资助贫困学生，看到他们开心的笑脸，就像看到了儿子的笑颜。实在想儿子了，我就来河边钓鱼。我和流水说话，我和小鱼说话，我和鹅卵石说话，我觉得儿子从来就没有走远。想想我的悲伤，你的又算得了什么呢！”

当时，这位长者的喃喃自语，我似懂非懂，但是我的心却在他低沉嗓音的叙述中，渐渐褪去了愤愤不平和满腹怨气。我开始跟长者一起蹲坐在岩石上，看水面上小小的涟漪，观微风摇曳中的狗尾草，望天上的云卷云舒。不时，草丛中有不知名的小虫在呢喃，水中有小鱼游过时划破平静水面的刺啦声。

此刻，什么都不重要了，只想尽情享受这一刻的安详与美妙。有温暖的阳光，有清冽的河水，有挺拔的大树，有绿色葱茏的小草，微风拂过，我忘记了怨恨，细嗅花香，心里干净纯澈。

就算现在穿得再破再旧，并不代表一辈子都穿得破旧啊；就算放学后没有香甜可口的饭菜，但我却在拔草撸叶的艰辛中早早学会了生活的本领；再说，爸爸去了天堂，母亲一定比我们还悲伤……

不抱怨，不放弃，和母亲一起挑起生活的担子，大踏步朝前走，而不是往日渐憔悴和衰老的母亲的心上撒盐。明了自己的责任并勇于承担，不能再做以往那个无理取闹、蛮不讲理的孩童，不能再那样不体谅母亲的一颗心了！

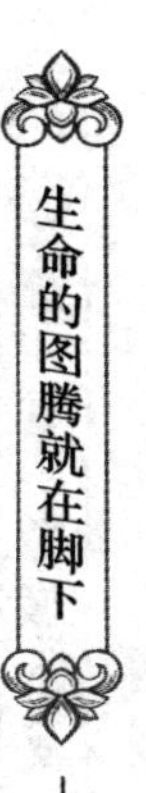

这样一个美丽的黄昏，落叶纷纷坠向大地，化作春泥更护花，难道我还不如一枚落叶吗？我扪心自问的那一瞬间，好像长大和成熟了。

现在看来，当年的那些抱怨、愤恨和痛苦，让我的一生受益，让我明白，一个人不管身处怎样恶劣的境地，都要时时处处努力追求阳光，保持善良，相信生命总会有华丽绽放的那一天！而如果没有当年那位长者无意间对我的善意提醒，我很有可能一辈子纠结在郁闷和愤恨之中。

等我渐渐长大成年以后才明白，原来过往岁月里的磨难，竟然也是一笔不小的财富，催我自省和成熟，我的生命从来没有如此曼妙和多姿。

正是因为生命中有了足够的云翳，才造就了这样一个美丽的黄昏。生命逝去如斯，当年华渐渐老去，我愿意在阳光下晾晒所有的往事，从容捡拾和品尝生命过往中的温暖和美好，从而平心静气走好以后的路。

流年暗影里，我就这样一点一点长大、变老。日子就这样浅淡着，我知道我脚下的路，延伸在美好和温暖里，两旁已是绿草葱茏、繁花满树，头上暖阳正好。

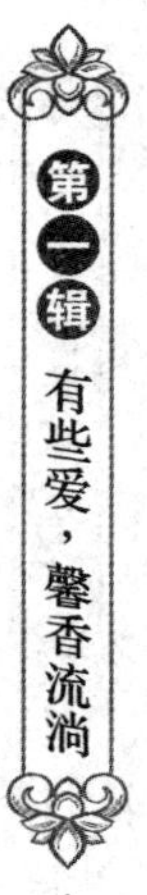

有些爱，馨香流淌

包利民

一

一个艳艳的春天，小女孩拿着一把小铁锹，在郊外的野地里挖着，她的身前身后，除了绿绿的草，就是一个个小坑。

女孩七岁，正是最纯净的年龄，可是她小小的心里，却有着一份负荷。她妈妈病得厉害，在医院治了很久，也没有见好，便开始用各种偏方。后来爸爸弄到一个偏方，说是很灵验，只是药引子难寻些。女孩留心地听着，那药引是春天泥土里一种球状的红色草根。妈妈说，这种草根根本没有，这偏方，也和没有一样。

但那以后，女孩却留了心。春天一来，她就拿着小铁锹到野外去。可是，挖了那么多天，也没有找到药引。那片野地里，密布了不知多少小坑。那些日子，她每天都是满怀希望地出门，一脸失望地回家。妈妈看到她的样子，总是安慰她说，宝贝，别难过，找不到也没事，妈会好起来的。只是，她不想放弃，她知道，找到药引，对妈妈很重要。

眼看，春天快要过去了。这一天，妈妈精神好多了，她陪着小女孩一起来到野外。当妈妈看到那么多的小坑，眼睛湿润了。女孩说，妈妈，你别哭，我今年找不到，明年接着找。妈妈说，好宝贝，不用找了，妈妈的病不一定只靠这一个偏方，你看我现在不是好多了吗？明天，妈妈还同你一起来，这些小坑有用呢！

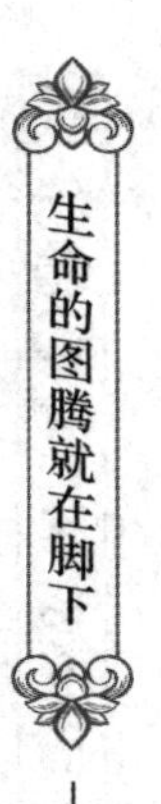

第二天，母女二人又来到野外，在那片草地上，她们将一颗颗种子埋进那些小坑里。女孩一直在问，妈妈，这些是什么种子呀？妈妈说，等它们长出来你就知道了。宝贝，这是妈妈送你的礼物，你一定要喜欢啊！

种下了种子，女孩经常跑去看，看到种子发芽，她高兴，看到长叶，也高兴。当那些苗儿长大，结出了蕾，她还没来得及高兴，妈妈却走了，永远离开了她。那些日子，她哭得昏天黑地，知道，从此，最爱自己的妈妈没了，她将失去那份爱，在长长的一生里。直到有一天，她看到了妈妈留给她的一封信，才再次来到野外。

那一刻，她被眼前的景象惊呆了。那片野地上，一大片的花海，各种颜色的花儿迎风招展。走在那一片花团锦簇之中，她又想起了妈妈在信中的话：宝贝，妈妈不能在你身边了，记得我留给你的礼物，它们年年都会在，就像我一直在。在无边无际的氤氲花气里，她仿佛感受到了妈妈的气息，站在那里，她再一次泪流满面。

多年过去，那片花依然年年开放，摇曳着一片深情。女孩已长大，不管身在何处，每到花期都会回来，在那片芬芳里，亲近母亲永远的爱。

二

如果有人问他，喝过的最好喝的酒是什么酒，他一定会说，是当年父亲喝过的散白酒。

于是记忆如酒香弥散。其实那酒在别人眼中根本谈不上醇香，那只是最劣质的酒，而且对身体有害。父亲长年陶醉于那样的酒中，身体渐渐地垮了。父亲离不开酒，这是劝不得的。他们父子二人一直相依为命，母亲去世得早，父亲拉扯他长大，这其中的艰辛一言难尽。他知道，父亲的好酒，其实是一种宣泄或者麻醉。

看着父亲日益消瘦的身体，他只好用了别人常用的方法，就是偷偷往酒里兑水。在每次给父亲倒酒的时候，他都会悄悄兑进一些水，为了不让父亲

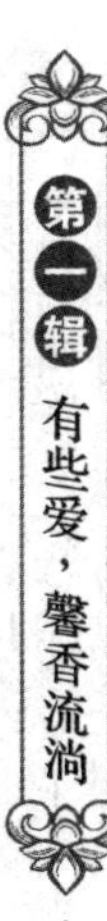

察觉,他每次加入的水都很少,而且每隔几天才会加大一点水量。几个月下来,加进去的水也是一个惊人的数量了,幸好父亲没有发现。想想看,加进多少水,就说明父亲少喝了多少酒,他的心里便会很欣慰。

两年下来,父亲的酒实际上喝得已经相当少了,这种方法的成功,也是他始料未及的。他原是准备好的,如果父亲因此增大酒量,自己怎么应对,可父亲根本没有那种迹象。于是暗自窃喜,暗自庆幸。

直到父亲去世前,他才明白父亲的心意。最后给父亲倒了一杯酒,那种买来的最好的酒。父亲只是闻了闻,却没有喝,微笑着说:“不喝也可以了,其实早就能戒掉了,只是怕突然戒了,你心里会难受。”

刹那间明白,父亲其实早就是知晓的,只是没有说出来,就那样默默地配合着他。是的,父亲不想让儿子担心,可又是那样的小心翼翼。所以,多年以后,每次他看见酒,都会嗅到当年那种劣质酒的辛辣之气,他一直固执地认为,那是一种香,只有他才能体会到的香。因为那香气里,氤氲着父子间太多的爱与牵挂。

三

祖母喜欢喝茶,父亲喜欢喝茶,他从小被迫着,也喜欢上了喝茶。

起初,他觉得茶真是太难喝了,特别是那时家里穷,所能喝的,也只是极便宜的茶。入口极苦,也并没有品咂到那种口角噙香的感觉。可是,就这样苦涩的茶,后来却成了他生活中离不开的东西。

祖母和父亲都是积极而乐观的,不管生活怎么苦,脸上都能带着真心的笑,心平气和地品着苦苦的茶。现在想起来,那时的家境,那时的困难,足以难倒任何人。可祖母的恬静,父亲的洒脱,却给他留下了不灭的印痕。后来,境遇好起来,家里的苦日子也一去不返,他们终于可以享受一些高档的茶了。只是,他却最怀念当初的那些便宜茶,两角钱就可以在地摊上买一堆。虽然难喝,却浸润了一段岁月,也许,是当时的环境和心境使然。

终于，他走上了陌生的旅程，在一个离家千里的城市中，一度失落了太多。那些时光，仿佛每一天都写满失意，每一步都踏痛着梦想。他也曾彷徨，也曾走在绝望的边缘。直到有一天，当所有的挫折都达到一个爆发点，他才想起喝茶。多少日子不曾品茶，日子的厚重早把喝茶的情趣掩埋。他记得从家里出来时，父亲曾把一把茶放进他的行囊，于是翻找出来，有一种急急的期待。

那是童年时才喝的那种茶，最便宜的，父亲竟给他带的这个。在那种苦涩中，他一如品味着曾经艰难的生活。他像祖母和父亲当年那样，试着用一种最平静的心情去喝茶，渐渐地，宠辱皆忘，时光浓缩于杯盏之中，心里有的，只是柔软的感动。那一刻，突然明白，世事的艰辛，只如一杯茶，苦后，便是悠长的绵香，那是岁月酿就的幸福。

他也发现，在包着茶叶的纸上，有着父亲写下的一行字：当初强迫你喜欢上喝茶，是因为当你被迫陷入生活的艰难时，想想源于苦的香，回味悠长。

那样的时刻，他深切地感受到了一种爱。在淡淡的茶香中，他向着家乡的方向，久久伫立。

一朵花能开多久

王国军

那时，男人在一个学校里当老师，女人是设计师。两人是在一个相亲节目里认识的，并且一见钟情。

男人喜欢爬山，女人每个周末就陪他，每次，男人都会摘一朵含苞待放的野花插在她床前的瓶子里。男人说："你是上天赐予我最好的天使。这样美丽的鲜花，也只有你的善良和贤惠才能匹配。"有时，女人就调皮地问："那一朵花，能开多久？"男人牵着女人的手："在我心里，就是一辈子。"

后来，男人和女人准备结婚。那天，下着很大的雨，男人去接亲的时候，突然一辆大车从背后冲过来，眼疾手快的女人把男人推开了，自己却被撞飞了好几米。

女人被紧急送往医院。抢救室外，男人心急如焚。但还是等到了不幸的消息，因为严重颅脑损伤，女人一直处于深度昏迷中，很可能一辈子都无法苏醒过来。

男人被噩耗吓坏了，好半天才从恐惧中平静下来。接下来的时间，男人一直守护在女人床边，他希望女人能醒，但是一周、一个月、两个月……女人依旧处于昏迷中。

昂贵的医药费让两个家庭都感觉到沉重的压力，于是有人劝他，算了吧，抬回家去吧，男人不肯。还有人劝他，赶紧再找个人恋爱吧，难不成守着个活死人到老，男人不肯。男人说："我心中的这朵花，只为她一个人开放。"

男人说什么也不让人把女人带走。为了筹钱，他已经把自己所有值钱的东西都卖了，但仍不够，男人只好写稿，拼命地写。

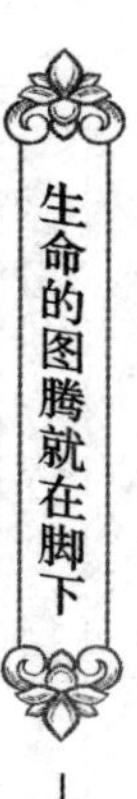

当男人的稿子雪花般地在各地的报纸上发表时,他和女人的故事也引来很多人的关注。其中有一个人愿意提供所有的医药费,直到女人苏醒,但被男人拒绝了。那是他的初恋。他们是青梅竹马的一对。只是她后来抵挡不住诱惑,跟一位有钱人结婚了。她以为自己嫁到了豪门,只是没想到,豪门的日子并不是她想的那么简单,终有一天,她忍受不住,离婚了。也是到了这个时候,她才发现男人的好。她开始满大街地寻找,只是,男人已经离开,去了女人所在的城市。

她在报纸上看到男人的消息后,立即赶到了男人所在的医院,也看到了男人的深情,她觉得更值得珍惜,甚至愿意和男人一起照顾女人。尽管男人一再委婉拒绝,她依然爱意频传。她给他垫付了一年的医药费。男人说:"谢谢,你的情我接受不了,钱我会慢慢还你。"

尽管有男人精心的照顾,女人依然没醒,而且下了好几次病危通知,但是男人依然没有放弃,哪怕只有一点生的希望。

后来,男人在一家电视上看到说,舔植物人的脚心可以帮助苏醒。男人便在每天早上起来和睡觉前舔女人脚心半个小时,其他时间就做按摩,或者和女人说话,他把这种方式叫情感呼唤。因为太过操劳,男人几次昏倒在女人床前。

也许他的诚心感动了上天,女人的身体慢慢有了知觉。

那天,男人的前女友再次来找他。她劝他:"于情于理于爱,你都尽到了自己的责任,可是你女友复苏的可能性太渺茫,还是回到我身边吧,我可以和你一起照顾她。"可是男人的心里只有一个念头,女人是为了自己才撞成植物人的,他不能离开她,而且一定要把女友唤醒。男人送前女友回来后,猛然发现女人的眼里噙满了泪水。

男人像个小孩子似的叫起来,他终于看到了女人苏醒的希望。好转一直在持续。女人似乎可以听得懂人们的谈话,会用眨眼睛来表示她的看法,会和人握手。

之后,男人的前女友还打过几次电话,男人说:"知道我为什么一直能坚持到今天吗？那就是因为幸福和爱。”

前女友依然不死心，七夕情人节那天，她捧了一大束玫瑰过来，希望男人能回心转意。但在病房窗外，她怔住了。此时，男人正和女人说着话，半年不见，男人老了、瘦了，但依旧精神抖擞。男人的手始终和女人的手握在一起，她依稀听见女人的声音：“我要尽快好起来，用我的一生一世来回报你，我们永远在一起。”

她的眼里忽然就流出了眼泪。她没进去，让护士把花送了进去。

她想，那束花，只配送给这对痴情情侣。因为，花开了，就是一辈子。

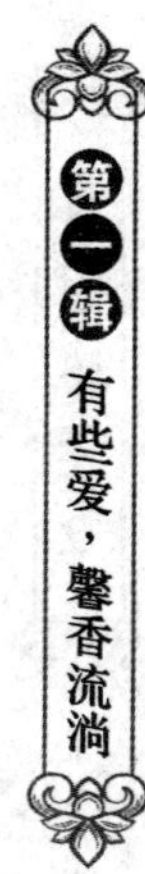

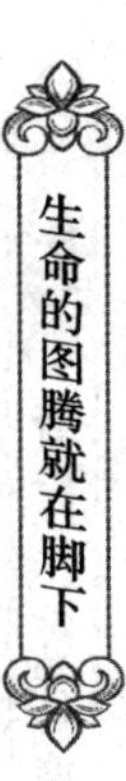

一只走失的饭盒

王国民

我都习惯吃母亲送的饭了，从少时读书到现在工作，几乎每天中午，母亲都会在十二点钟将饭菜准时送达。

转过两条街，一座桥，母亲和我就住在一座靠江的小屋里，那座承载着我许多儿时梦想的小屋，一直是我记忆里最引以为自豪的地方。

我一直佩服母亲，不管是贫穷的年代还是奔小康的岁月，她总会变戏法似的弄出一盒菜来，不管是韭菜炒蛋、辣椒炒肉，还是红烧鱼，母亲做的菜里就像撒了魔法一般，令我大快朵颐。

同事说我是个严重恋母的人，我不反驳。我甚至希望，就这么一辈子陪在她的身边，在尘封的岁月里慢慢终老。母亲敲着我的头，说读书读呆了，都奔三十的人了，一点都不成熟。也许真怕我陪她而不娶，母亲开始替我张罗对象。

母亲人缘好，又热情，风声一放出去，上来说媒的人真不少，我不忍心违逆她的意思，就提出了一个条件，那就是我要和母亲一直住在一起。

话虽这么说，可是终究没能坚持住，我搬了出来，为我喜欢的燕。

燕来我家的第一天，就说："一个太恋母的男人不会是个好男人。"母亲没说话，只是默默地走进了厨房。

好几次，我都想把母亲接过来，我怕母亲一个人太孤独。可燕说什么也不肯，她说除非她离开。

燕说，我给你做饭吃。我吃了几餐，总觉得索然无味。有时我在想，并不是我贪图母亲的那些美味佳肴，只是需要一份亲情挚爱。

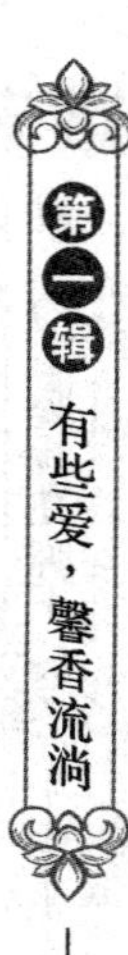

或许是燕嫉妒，或许她从小没有母亲，无法理解母爱，也或许是她害怕母亲抢走她在我心里的地位，每次回家，母亲做的菜她几乎都不动筷子。

我工作的地方离以前我和母亲住的小屋并不远，于是，我便悄悄地让母亲给我带一份午餐。但不知怎的，燕知道了我和母亲的这个秘密，然后她去和母亲大吵了一架。

我是后来才知道吵架这件事的。我足足等了两天，母亲都没送饭过来。

因为出差，我没能赶回家。一周后，我再回来，母亲的小屋里空无一人。我几乎是一路狂奔到燕的公司，将她狠狠训斥了一顿，然后拖着她，到处寻找受伤的母亲。

好不容易遇到个与母亲熟识的邻居，他一脸惊讶地说："你母亲不是给你送饭去了吗？刚才我还和她聊着呢。"然后指着前面的一条小路说："就是朝那边走的。"

那是通往江边的小路。我顿时冷汗直冒，甩开燕的手，我拼命朝江边跑去。

我不知道我是怎么跑到江边的，那一刻，我只有一个信念，我绝不能失去母亲。

江口上，两块石头，两个饭盒，一个老人正边吃边念叨着。

那正是我的母亲。

我的眼里忽然噙满了泪水。父亲走得早，自我懂事起，母亲就独自操持着这个家，把所有的心酸和泪水都咽在了自己的肚子里，无怨无悔地付出着，而如今，多年劳累使得她病魔缠身，唯剩下一个心愿，那就是希望我们过得好。

可我终究辜负了她。我忽然举起了手，燕在旁边吓得面无血色。

巴掌落在我自己的脸上。是的，我不怪妻子，我只恨自己无情、无能。

母亲被我吓住了，良久她才说："傻儿子，你在干什么啊，不要担心，我没事，你们快回去吧。"我快步跑到母亲对面，拿起那个属于我的饭盒，我说："妈，我陪你吃。"

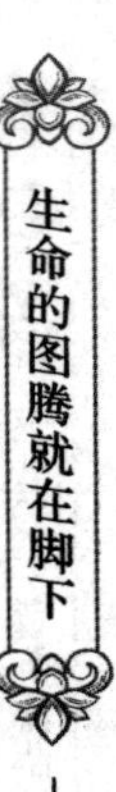

母亲怔住了。燕子也在我旁边坐了下来，她哭着说:“妈，是我错了，是我不好。惹你伤心了。”

母亲叹口气说:“你没有错。只是给儿子送了十多年饭菜，忽然叫我不送了，我不习惯了。”

没等我开口，燕又说:“妈，你也给我准备一份吧，以后我也吃你做的午餐，好吗?”

那天晚上，燕主动把我们的行李搬回了小屋。她说，以后我们一起帮妈做饭，吃妈做的饭菜。

从那以后，我想，燕和我才真正明白，母亲的那小小饭盒里承载的并不是简简单单的美味菜肴，而是一方晶莹剔透的爱，那才是我们生命的营养所在。

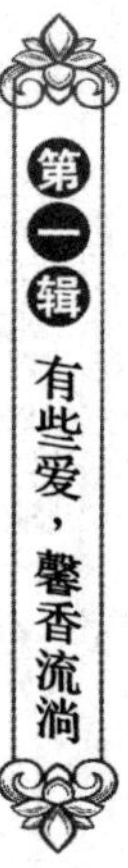

那种温暖抵过百转流长

王国军

那一年，父亲找尽了所有的关系，才把我弄进这所高中。从农村里的一所普通中学，一下子进入国家级重点中学，我的心里是庆幸而自卑的。

在这个班里，别人的父母要么是政府公务员，要么是企业老总，只有我是个例外，我的父母没读过书，还生活在贫困线以下。

从我背着黄布书包，穿着的确良衬衫和军鞋踏进校门的第一天起，我就受到了各种歧视，同学们那刻薄而尖酸的眼光就不用说了，就连守门的保安，有次也差点把我当成乞丐轰出去。我没有哭，纵有眼泪，也止于眼眸。我告诉自己，一定要坚强地活着，要活得有尊严，有自信。

我开始没日没夜地努力，头一个学期，我的成绩由入校来的倒数第二名，上升到顺数第三名，第二个学期，我上升到全年级第一名。但在同学的眼里，我除了成绩优异之外，仍是个别无所长的乡下丫头。

班上组织夏令营活动，我没参加，因为没钱，我也没有张口向家里要钱，父母为了能将我转到这个学校，已经花光了家里所有的积蓄，我不忍心让他们过度操劳。同样是因为没钱，班上组织的野炊活动，我也是一个人一队，同学们吃饭的时候，我只能跑得远远的，摸出早上买的冷馒头，飞快地吃下去。

每到月末的时候，我都会跟着父亲去另一个城市进货，看着父亲在烈日炎炎之下，背着大包小包，艰难地往前走，我的心阵阵酸痛。

因为这样的家境，使我每一次面对班上的家长会，都不知所措。然而，父亲终究是要来的，班主任已经下了最后通牒，要是父亲再不来参加家长

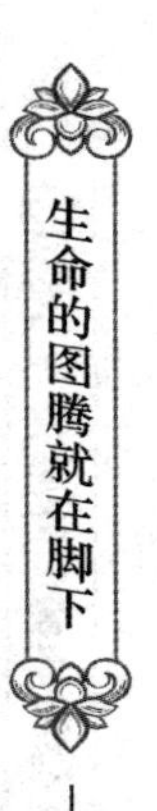

会，班主任只好亲自去请了。

我把这个消息告诉父亲时，他正在简陋的房子里修着吊扇，这个炎热的夏天，父亲决定给我们这个家装一个电器。吊扇是废品站回收的，父亲年轻时学过半年维修，敲敲打打地弄了半个小时，吊扇便开始工作了。父亲从身上摸出二十元钱给我，问："什么时间？"我说："这周星期六，如果您有什么事，跟老师说一下，可以不去。"其实，我是希望父亲不去的。父亲一直以我为他人生的最大骄傲，哪会知道我心里的想法，他只是望了望自己打满补丁的衣服，然后说："燕儿，放心，我不会丢你脸的。"

周六，我很早就在校门外等待。一向准时的父亲，却迟迟没有出现。我长长出了口气，正如我所料，父亲没有来，这样也好，免得让大家看我的笑话。正当我转身进校时，父亲的喊声从我身后传来。回头，只见父亲穿着笔挺的西服，夹着公文包，大步流星地迎过来。我欣喜地走上去，心里却惊讶极了。

那次家长会，父亲一直都是胸膛挺直地坐着，他的表情自信而谦和。父亲，也作为家长代表发了言，他流利的讲话赢得了大家的阵阵掌声。

家长会一结束，我有千般疑问想问他，父亲却说："你在这儿等我，我去去就来。"父亲快步走到一辆三轮车旁，迅速地脱下衣服给司机，然后又把几张纸拿出来。父亲再次穿着他那打着补丁的衣服过来时，我问："那个人是谁？"父亲沉默了一会儿，才说："是我的一个同事，他有个女儿也在这个学校读书，也是今天的家长会，所以我们商量了一下，合租了一件西服，并请别人帮我们写了一份演讲稿。"父亲平静地讲着，而我的心里却已经如潮水泛滥。为了维护我那年少的虚荣和自尊，父亲不惜放下自己的骄傲和尊严去弄虚作假。深深记得，父亲曾对我说过，他是一个做事有原则的人，从不会为了任何事去弄虚作假，想不到……

面对父亲，我感到深深的愧疚，我只能每天早上对自己说，你要用心一点，再用心一点，这样才对得起父亲。

原以为，我的生活轨迹就这样顺利地走下去，但不久后的一场灾难打破

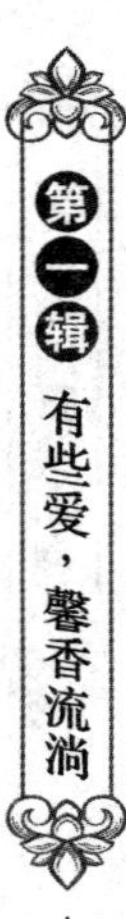

了我的梦想。父亲在一次车祸中失去了右手，他工作的公司也因此解聘了创。失去了经济来源后，原本就拮据的一家，更是雪上加霜了。父亲想了许久，决定让我转学，郊区有一所学校愿意减免我的全部学费和生活费。

来搬行李那天，我执意让父亲来我的宿舍，当同学们看到穿着补丁衣服独臂的父亲时，有人小声问我："这是你请的搬运工么？""不！"我不卑不亢地说："这是我的父亲，我独一无二的父亲。"开始大家很是惊讶，然后是热烈的掌声。

泪眼迷蒙中。我伸过手去，紧紧抓住父亲的手。父亲的手，在我的手心颤抖了一下，他说："你真是个傻丫头。"我流着泪说："你也是个傻父亲。"然后，他更紧地握住了我的手。

到现在我都记得那次握手的感觉，人世间那种抵过百转流长的温暖，从父亲的手里传递到我的手里，而现在，我又将把这种温暖传递给下一代。

是的，一代一代传下去。

悠悠降香

邵恩锁

秀贞手捧一束鲜花，缓步来到郭友老人的坟前。微风拂过，秀发飘扬。曾经的辛酸和非议随着泪水潸然而下……

那年冬天接连下了好几场大雪。

那天，天上仍然彤云翻滚，空中北风呼啸，林秀贞在去小卖店的路上，无意间向道旁的一幢小草房望了一眼。这一眼立刻让她紧张起来。厚厚的积雪把这两间小草房盖得严严实实，院子里一点打扫过的痕迹都没有。就连草房的烟囱也被大雪捂住了。

这间房里住着本队的一对七十多岁的五保户老人，这大雪天的，连个烟火都没有，是不是……秀贞不敢往下想，急忙趟着没小腿的雪向院子奔去。

呼哧带喘地推开郭友老人家的房门，一股凉气扑面而来。秀贞看到两位老人正蜷缩在炕头，哆哆嗦嗦地端着饭碗，饭碗里面是带着冰碴儿的大米粥。见是林秀贞进来，郭友老人愣住了，半天才问道："闺女，你咋来了？"

秀贞的泪水夺眶而出。她说："大冷的天，我不放心，过来看看你们。"秀贞说着从老人手里拿过饭碗："这冰凉的可怎么吃呀。"又来到外面，从快要见底的柴堆里扒拉出点玉米秸抱进屋，填进灶坑点着了火。见屋子里有了热气，这才对两位老人说："你们再坚持一下，我去安排安排。"

林秀贞急匆匆地回到家。丈夫刘忠问道："怎么了？这么急三火四的？"秀贞打着唉声，把刚才在郭友家看到的情景说了一遍。"我们两个都是孤儿，是乡亲们把我们养大的，如今我们的日子过好了，有了自己的工厂，我想把像郭友夫妇那样的老人接过来赡养，你说行不行？"

刘忠笑了笑，抚摸着秀贞的头发说："你这是在做好事，我怎么会不支持呢？这也是咱们对社会的回报呀。"

秀贞征得了村委会的同意，在刘忠的协助下，将郭友、王英夫妇接到了自己家。

没想到，办了一件好事，却招来了村里的闲言碎语。有人说秀贞傻，郭友两口子几乎没有什么财产，你又是搭钱又是搭时间的不值得，干嘛不送他们去养老院呢，由国家养着？秀贞总是笑着说："养老院的确是挺好，可是没有家里的那份亲情。"

更有恶毒的流言，说秀贞是在作秀，给他们家的厂子创招牌。秀贞听了并不介意，她说时间会证明一切的。

陆续又有几位孤寡老人被秀贞接过来赡养。

日复一日，年复一年，转眼六年过去了。秀贞清楚地记得那段时间她是怎样艰难地熬过来的。

王英老人离世后，郭友曾思虑过度一病不起，拉屎撒尿都需要人照顾。秀贞只能日夜陪伴在老人的身边。

一天，郭友老人又便到了褥子上，当秀贞掀开郭友老人的被子擦拭时，在褥子里发现一瓶没有开封的安眠药。秀贞吓坏了，忙问老人："这是要做什么？"郭友叹了口气说："这是准备动弹不了的时候用的，我这样不死不活的，给你添多大麻烦呀。"秀贞收起药瓶，安慰道："大伯，咱不是说好了吗，我就是你的亲闺女呀。"

老人眼里含着泪点了点头。

半个月后，郭友老人的病情进一步恶化。老人家颤抖的手从内衣口袋里又掏出一个小瓶子递给秀贞。秀贞大吃一惊，忙问："大伯，你怎么还有轻生的念头呢？"

郭友老人吃力地笑了笑："傻孩子，这不是安眠药，这是我留给你的宝贝。"

"什么？大伯，你还有宝贝呢！"秀贞不相信老人说的是真的，接过小瓶

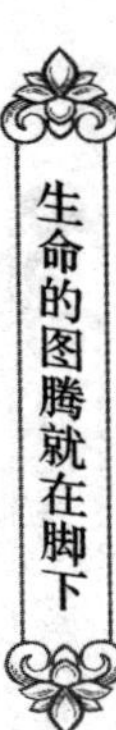

子，拧开盖子，将里面的东西给倒了出来。

秀贞惊讶地发现竟然是一串黄花梨佛珠手链，深黄色，温润如玉，散发出悠悠降香。

“大伯，这是从哪里弄来的？”

郭友老人沉思片刻，表情凝重地讲起这串佛珠的来历：“我小的时候是个孤儿，是我的养母收养了我，养母还有个儿子，叫俊逸，是我哥哥，养母送哥哥到日本去留学，那一年台风突然来袭，我们的家园被摧毁了，养母被倒下的大树砸到了头部，弥留之际将佛珠手链交给了我，让我找到哥哥并交给他。安葬了养母之后，我辗转去了仙台、大阪等地，听说哥哥回到祖国，我又回到国内寻找，可是，大半个国家走遍了也没寻找到哥哥。后来我定居到了东北。”老人稍微休息了片刻，接着又叹息道：“我这辈子再也见不到哥哥了，没能完成养母的遗愿，我没脸去见九泉下的养母了。”说完，老人家老泪纵横。

秀贞静静地听老人讲述自己的传奇故事。她觉得应该帮老人完成这个心愿。她对老人说：“你放心，我会想办法帮你找到你哥哥并且将这串佛珠交给他的。”

老人藏有黄花梨佛珠一事传开后，秀贞又一次遭到了非议。有人说，原来秀贞早就知道郭友有宝呀。有人说，真是无利不起早，没好处她能养谁呀！更有人说，这回林秀贞可发大财了，听说那宝贝可值钱了。

……

秀贞没有心思听那些流言蜚语，为了帮老人找到哥哥，她找到电视台。电视台领导很重视，他们联合海南电视台，共同做了一期名为“感恩佛珠”的节目，希望能够帮助郭友老人达成心愿。秀贞在节目里代替老人讲述了黄花梨佛珠的传奇故事。

郭友老人没能等到和哥哥相认的那一天，带着遗憾去了。秀贞送走老人后，没有停住寻找老人的哥哥的脚步。

这一天，一位来自海南省的收藏家拜访秀贞。他说是看到电视节目后

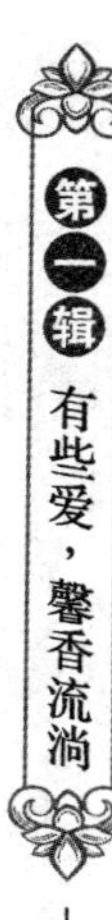

很感动，特意来拜访郭老先生的。当从秀贞嘴里得知郭友老人去世的消息后，收藏家很悲痛。他提出想看一眼那串佛珠。秀贞见他很真诚，便将佛珠手链拿了出来。收藏家眼睛湿润了，盯着佛珠看了好久，最后他提出用十万元钱收藏这串佛珠。

秀贞摇着头说："这是郭友老人的临终遗愿，我一定要找到他的哥哥俊逸，并且将佛珠交给他，你给多少钱都不能卖。"

收藏家带着遗憾走了。

不久，一位衣着笔挺的中年人来到秀贞家，他说他是那位收藏家的儿子，父亲愿意出二十万购买那串佛珠，问秀贞是否愿意卖？

秀贞再次毫不犹豫地回绝了，她说："你给多少钱我都不能卖，这件东西不属于我。"那位中年人见她态度这样坚决却笑了，说："我父亲说过，如果你不肯卖，就让我将此东西交给你。"说着，从皮包里掏出一个锦盒，打开后交给秀贞。

秀贞疑惑地接过来一看，天啊！竟然是一粒佛珠，颜色和气味与郭友老人留给自己的一模一样，正好配上一串完整的手链。

随后，中年人又把一封信交给秀贞。这是那位收藏家的亲笔信。看完信秀贞才明白，原来那位收藏家就是郭友老人的哥哥俊逸，没能够见到兄弟最后一面，他很遗憾，但得知兄弟被好心的秀贞接去赡养并且给送了终，非常感动，自己无以回报，将留学前母亲从手链上拆下来系到自己胸前的一粒佛珠送给秀贞，一来使得佛珠手链完整如初，二来告慰母亲和兄弟的在天之灵。

柔和的黄花梨佛珠手链，散发出悠悠降香，向远方飘散……

“呆头鹅”碰上“青花瓷”

罗光太

一

班上的同学都在背后叫我“呆头鹅”，说我呆头木脑，面无表情。我无所谓，他们爱叫什么是他们的事，与我无关，就像我笑不笑，跟他们有什么关系呢？

我在班上没有朋友，我不喜欢和别人交往，他们也不喜欢沉默寡言鲜有笑脸的我，彼此之间，就像陌生人。一个班六十几号人，同学半年了，我几乎都没和他们说过话。

自从父母离婚，不善言辞的我更习惯了以沉默面对。我判给了母亲。父亲很快就再婚了，母亲成天在家里哭哭啼啼。我弄不清楚大人的事，也不知道他们谁对谁错，只是听见母亲哭时，我会同情她，心里特别恨父亲。母亲在半年后，经人介绍也再婚了，看着笑逐颜开的她，我觉得我成了多余的人。继父对我很客气，但我本能地疏远他。

我严严实实地把自己包裹起来，对谁都以“冷淡”应对。我觉得，敞开自己的心扉，只能让别人看见正在流血的心。我不需要别人的同情，那些怜悯的目光会让我更加难堪和痛苦。我不喜欢上学，成绩也不好。

我每天独来独往，漠然的表情让人退避三舍，谁都不愿意来搭理我，我也不愿意融入别人的世界。可是，一次偶然的机会，我却和班上一个外号叫“青花瓷”的女生熟悉了起来。

二

那天中午放学后,我在校园逛荡到吃午饭时间才出校门。我不想早早回家,不想看见家里因为我的回去而突然微妙地变得尴尬的气氛。

我骑着单车慢悠悠地穿行在树荫斑驳的街道上,已经过了下班高峰期,晌午阳光灼热的街上行人寥寥。我还沉浸于自己天马行空的思绪中时,突然听到有人在叫我的名字。一个急刹车,我单脚跨坐在单车上,四处张望。

“罗小宇,你能过来帮我个忙吗?”一个穿着米黄长裙的女生在叫我。我看了看她,感觉很面熟。“我们同班,你不会不认识我吧? 我是池青花,大家叫我‘青花瓷’。”女生落落大方地自我介绍。我轻声“哦”了一句。“你快来帮帮我,我的单车脱链了,我弄不回去。”她急切地说,可能因为我没什么反应吧,她的脸倏地涨红了。

我停好单车,走到她身边,看了看倒在路旁的女式单车,找了根韧性好的木棍,三两下就帮她把车链条弄回去了。池青花在旁边感叹地说:“你们男生就是厉害,我弄了好久都没弄好,你一会儿就搞定了。谢谢你呀!”我依旧没说话,只是窘迫地想离开。单独面对一个女生,我有点慌乱。“你为什么都不爱说话? 在班上也少有见你和同学交流。”她好奇地问我。“车弄好了,我先走。”说着,我转过身。“我们一起回家吧!”她热情地说。面对她的邀约,我不知如何拒绝,就扶着单车等她。

一路上,池青花叽叽喳喳问了我很多问题,她的笑像迎面吹拂来的风,让人感觉特别舒服,只是对视上她的眼睛时,我又会莫名地把目光转开,心跳加速。我从来没有和女生单独一起骑过单车回家,更不曾这样近距离地与女生聊天。在她的询问下,我也不好一直沉默不语,时不时也会回应一声。

阳光透出树梢撒满一地跳跃的光斑,在我抬头看她时,有一束光正好落在她的脸上,闪烁着细瓷般的光泽,我一时看呆了。“放学后,我们出黑板

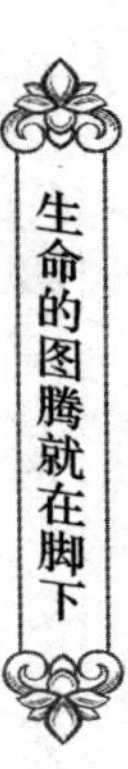

报，那几个没良心的，画好他们的插图后，就留下我一个人板书……”池青花说。看我没回应，她扭过头来说：“看什么呀，又发愣了。”我朝她傻笑，她也笑了，乐呵呵地说：“罗小宇，幸好遇见你了，要不，我都不知怎么办。对了，你怎么也这么迟才回家呀，早放学了。”“都一样，早回迟回。”我说，心里突然奇怪地产生一种想和她交流的欲望。

“你为什么那么爱笑？”我突兀地问。池青花看着我，愣了一下，随后又露出灿烂的笑颜，说：“笑有什么不好呢？多笑一笑，心情也开朗。”在她的感染下，我也咧开嘴，唇角上扬。“你笑的样子看上去更帅哟！”池青花乐着说。她像一只无忧无虑的鸟儿，在晌午的阳光下，在凉爽的风中，自由飞翔。马尾辫摇摆着，像一面青春飞扬的旗帜。

三

这个溽热的夏天，一下子变得清凉起来，我的心仿佛也不那么沉重了，似乎也找不到需要愤世嫉俗的理由。池青花每天放学时都会邀约我一起骑单车回家，她爱说爱笑，有时还会哼唱几句周杰伦的《青花瓷》。

在教室里，池青花也常主动找我说话，虽然我没什么反应，但漠然的表情也变得更生动了。这是池青花说的，她还说，她始终觉得，我笑的样子更帅。

我已经知道了，池青花之所以被大家叫作“青花瓷”，并不仅仅和她的名字有关，还因为她的皮肤是班上女生中最白皙的，还有她清脆的笑声犹如轻叩瓷瓶。大家都很喜欢爱笑的她。我的同桌说，和池青花讲话，面对她笑盈盈的脸，心情也会变得舒畅。池青花热情洋溢，笑声飞扬，而且她的成绩很好，就连我们老师都说，如果班上多几个像池青花这样的学生，那么老师也会觉得自己的教学工作更有成就感。

以前我从来没有在意过任何人，紧闭心扉，沉溺在自己一个人的世界中，我找不到让自己快乐起来的理由。在和池青花渐渐熟悉起来后，我把自

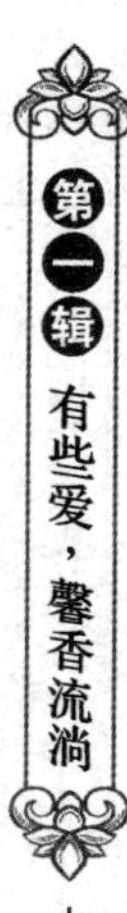

己经历的事情都告诉了她。

我不在乎她能否理解，但她能够聆听，我能够把压抑在心里很久的痛苦说出口，已经很满足了。我说话时，池青花盯着我看，她的眼眶突然间就湿润了，她哽咽说："小宇，我从来都没有想过你居然正在承受着这么多的伤心事。原谅我，我以前也嘲笑过你，觉得你愣愣的，像'呆头鹅'……"我连说没关系，那些压抑在心里的话说出来后，我感觉自己顿时轻松了。有个可以倾诉的朋友真是一件快乐的事。

池青花对我比以前更好了。有一次，班上一个同学好奇地问她干嘛对我那么好？当时我装作毫不在意，却在屏住呼吸仔细听。池青花背对我，她对那个同学说："大家都是同学，为什么不能对他好？""那个'呆头鹅'笨头笨脑的，一点都不好玩。""你又不了解他，其实他和大家一样，你多了解就知道了，他一点都不呆，而且人很好。"池青花说。她根本不知道我就坐在不远的角落，她的话完整地传到我的耳中，瞬间温暖了我的心。

我很珍惜池青花的友谊。我感觉得到，她在努力帮助我融入班集体，努力说服班上的同学不要对我"另眼相待"。她主动调来和我同桌，帮助我学习。

四

池青花还给我写过一封信。

她在信中说：当别人用微笑相迎时，我们怎能不回报以更灿烂的笑容？父母的人生终究是他们的，他们有权利作出自己想要的选择，作为子女，我们有我们应尽的义务。好久没和你父母交流了吧，找个时间，好好和他们谈谈，也请给他们新的另一半一个机会，可能他们并不会像你想的那么难相处。千万不要用"沉沦"的方式折磨自己，折磨父母，因为那最终毁掉的会是我们自己的人生。快乐是自己的，没有人可以抢走……

在这段喑哑无言的青春时光里，我很庆幸自己遇见了池青花，她是一个

青花瓷般高洁的女生，她爱笑，笑声脆脆的，带有暖暖的气息。她的快乐感染了我，并且把我拉出了张皇沉默的烂泥潭。

池青花教会我如何用微笑赢得微笑，让我明白了：快乐才是生命中最重要的事，不仅要自己快乐，还要让身边的人都快乐。

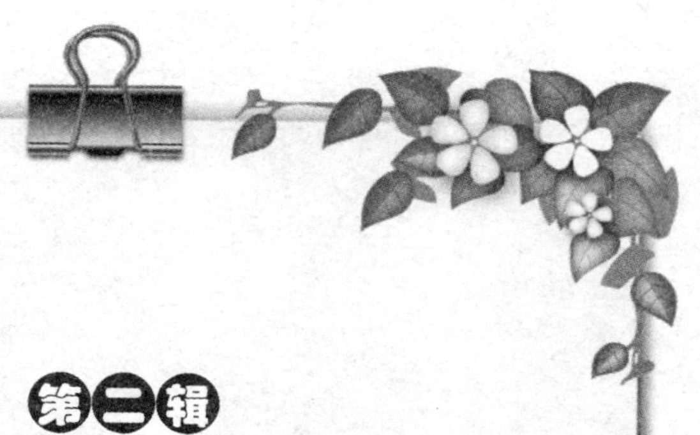

第二辑

当努力成为梦想的阶梯

成功没有时间和年龄的限制，只要你百分之百地投入，把努力变成实现梦想的阶梯，持续向上攀登，那么成功一定会最终属于你。

生命的绝唱

纪广洋

我编《晨帆诗报》时，常收到一位名叫赵露的作者的来稿。她的通信地址在沂蒙山区的腹地，据她信中、诗中描述，她所在的村庄坐落于一座大山的半山腰，风景特别优美，但又不无浓浓的苍凉。她在诗中写到："遥梦孤旅忆家乡/在那戚近星月的山梁……""放牧于云外的山冈/谁迷失成满目哀伤的羔羊……""谁家的小丫哪家的姑娘/不分白昼不分朝代地/遗世孤伫于松涛阵阵的山冈/多少次多少次/梦想当一回新月的伴娘……雨后的山溪风中的歌吟/总是协奏出生命的绝唱"。

在我主编《晨帆诗报》的前两年，编发过她的十几首诗歌作品。当初也曾收到过她热情洋溢而措辞委婉的感谢信，我甚至一度想入非非，想一睹这位才华横溢而情怀幽婉的女作者的芳容。有一次，我以编辑部的名义给她写了一封信，索要她的玉照，以便在诗页中配发，她很快就寄来了——那是一幅全身像，雪白的短衫、墨黑的短裙，衬托着她苗条生动的身段；长长的秀发拢成一束自右肩委垂到胸前，与她白嫩的脸庞相映生辉；明目微含、皓齿稍露，慵懒的神情里又暗藏着天真高雅的气质；她的身后是一株浓绿茂盛的塔松，塔松的背景是一抹微云悠悠的长天，真是美妙绝伦。我把那张照片交给有关人员编印后马上索回，放在我办公室的抽屉里，时不时就拉开抽屉看一番，心底云集着说不清的思绪。终于有一天我存不住气了，又以编辑部的名义给她寄去一封邀请函，邀请她到编辑部来做客，理由是准备给她举办作品讨论会。可是，在她随后寄来的稿件和信函里，却只字未提我那邀请函的事儿，像是从来就没那回事一样。我心里有些发毛，心想她可能看出了我的

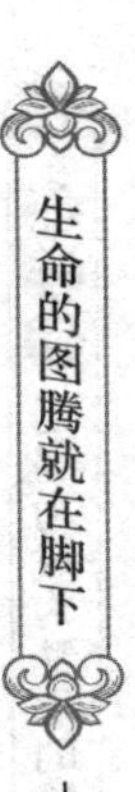

"不良用心"(我那时还没有女朋友),以沉默来表示对我的拒绝。再后来,竟然收不到她的稿件了,我为此懊悔了好一阵子。

时机来临,终于等来市作协举办的一个短期的青年作者研讨会,我便竭力推荐她来参加,并把她原来的地址抄写给有关举办人员,让他们给她下通知。心想,这次准能见到她了。谁知,在研讨会召开的当天,代表她"报到"的竟然是一封她妹妹代写的信件——她在两年前就已离开了人世……

在一个夏日的午后,我终于满怀疑虑、心情沉重地登上了那个"熟悉"的"山梁",来到赵露曾经生活过的那个山村。见到她的家人,了解了她的一些基本情况后,我坐在她家院里的石凳上久久不动,心情山一样沉重、泪水泉一样流淌。在岁月深处、人海深处、大山深处,竟然有这么一个有理想、有志向又非常清秀漂亮的女孩在人世的长河之洲转瞬即逝,就那样永远地离去了,留下一颗青涩而美好的心灵在天地间旷世寂寞地无限眷恋着。

赵露的名字原叫赵路,是她上小学时的一位老师帮她起的,意思是希望从小就聪明伶俐、相貌俊秀且酷爱唱歌的她,能从大山深处走出一条别样的人生之路、事业之路。果然,小赵路没有辜负老师和家人的期望,初中毕业后作为全村第一个中专生走进了一所艺校的大门。谁知,天有不测风云,人有旦夕祸福,在一次歌咏比赛中,眼看就要拿大奖的她,在登台演唱最后一首自选歌曲《谁不说咱家乡好》时,忽然失声。后经多方治疗,不但没能恢复她那银铃般的歌喉,反而查出她患上了一种并不多见的喉癌。

返回家乡、返回那个"山梁"的小赵路,也终于明白了自己的病情和处境,可她不甘心就这样无声无息地、默默地告别她深爱着的人世。于是,某个深夜,她心底的歌吟悄然化作一行行隽永的诗句。于是,我的案头便多了一封封署名赵露的稿件……"路"与"露"之间隐含着一个无助少女的几多心酸、几多无奈、几多哀怨!

而更令人感动和揪心的是,我在两年间陆续收到的她的那些诗稿和信件,只有前半年的是她在生前亲手寄出的,后来的那些全是她预先写好(只有日期是后来加上的)委托家人一一寄出的。她最后的几册日记本上密密麻麻地写着她在临终前反复写给(无情的病魔居然剥夺了她说话的权利)自己家人、写给这个世界的切切“话语”:“一个小报,发表作品的数量是非常有限的,一定要等到上一封的稿件发表出来之后再寄下一封,千万不要让编辑为难……”“我欠家庭、欠学校、欠社会的东西实在是太多了……我死后,一定要把我的骨灰葬在村后山冈上的松树下,以便‘力所能及’地为家乡、为人间增加些许绿色……那些吸收了我的骨灰的松树们,将在风中、在雨中以另一种声音、另一种方式为我吟唱,为这个美好的世界吟唱!”

当我跟着她的妹妹走近那几棵“不同凡响”的松树时,山上的风尽管很小,但我还是透过葳蕤的枝叶听到了她的“另一种吟唱”;我在松下的岩石上呆呆地坐到日落西山,虽然没见下雨,甚至天上连一片云彩也没有,可我还是滑落到情感和思绪的泥泞中——那是我心中的泪痕。

生命尽管很脆弱、也很卑微,可是,一旦与世界、与社会、与种种美好的心愿、憧憬和感念联系在一起,便有了大山的威严、劲松的苍翠,有了山花的烂漫、风雨的绵长,有了日月星辰的光晕和天籁般的绝唱。

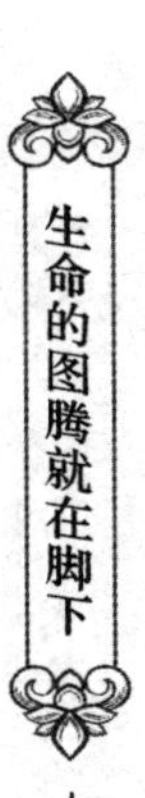

一朵名为马拉拉的血色之花

罗　伟

她叫马拉拉，今年十四岁。

她住在斯瓦特地区。这是个旅游胜地：白雪皑皑的群山，鳟鱼成群的河流，一望无际的果园，高耸入云的佛塔……美不胜收。可是，她们在这里生活得并不美好。因为，斯瓦特是一个受巴基斯坦塔利班运动组织控制的地区。那是2008年的冬天，他们来了，盘踞、控制、枪杀……斯瓦特被恐怖阴云笼罩。

2009年1月，他们在控制区域实行专制统治：禁止播放电视电影，严禁娱乐，男人须留胡子，女人须蒙面，不能随便出家门，公共场合如放声大笑即会遭到鞭打。他们颁布禁令：女子不能再去上学，否则后果由监护人和学校承担。那个寒冷的冬天，数百个女子学校在冬雪中被烧毁。

硝烟中，马拉拉带着所有的同学从一个学校逃往另一个学校。

那个本应是天真烂漫的年华，可她却开始了在硝烟中的抗争，开始了与恐怖势力的明争暗斗。她开始写博客，记录斯瓦特的残暴血腥，记录斯瓦特的暗无天日，记录斯瓦特被恐怖主义统治下的女子们的日常生活。她说："我们有受教育的权利，有娱乐的权利，有唱歌的权利，有聊天的权利，有逛商场的权利，有大声说话的权利……如果我们这一代人没有拿过笔，就会接受恐怖分子递过来的枪支。"在生与死的烟火中，她高声呐喊，倡导女性受教育，呼吁给予女孩受教育的权利。她通过博客传达给这个国家乃至全世界的孩子们一个信息：无论何时你看到暴政，无论何时你看到人们被压迫，都应当勇敢地站出来进行反对——反对那些试图夺走你权利的人。

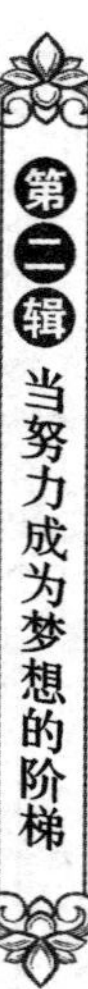

这样立场鲜明的斗争，除了马拉拉，没有人公开敢做。

那一年，她十一岁。

马拉拉的生死斗争引起了世界的关注。同时，在她与恐怖势力斗争的几年间，她的处境也愈来愈危险。2012 年，塔利班武装人员把她列入枪杀名单。为了暗杀，他们精心筹划了数月，每一天他们都在研究马拉拉的上学路线。10 月 9 日，马拉拉乘坐的校车沿着乡村公路行驶，车里一群学生和老师在交谈，刚刚结束考试的她们喜悦异常。当大巴车行驶到离明戈拉市区大约一公里的地方时，两个男子突然挥舞着旗子叫停了车辆。两人荷枪实弹，登上了校车，厉声问道："你们当中，有没有一个叫马拉拉·优素福·扎伊的？"一车的人没有一个人回答。但是，马拉拉毅然地站起来，说："我正是！这一切与她们无关！"话音未完，"砰"的一声，子弹穿过她的脖子。鲜血飞溅，化作一朵殷红的花，盛开在斯瓦特的高山上。

马拉拉被枪击的事件传开以后，巴基斯坦乃至全世界都在愤怒。人们无法想象，恐怖分子竟然会如此残酷地对待一个天真乐观、有勇气有理想有追求的十四岁女孩！于是，人们举起一幅幅马拉拉的照片，纷纷走上街头，表达抗议与愤慨。医院里，街道边，许许多多的学生高举双手，为这位伟大的巴基斯坦少女祈祷。

当马拉拉醒来的时候，她已经身处英国伊丽莎白女王医院，万幸的是她脱离了生命危险。她的父亲看着自己了不起的女儿，悲愤之中满是骄傲。马拉拉冲父亲微微一笑："爸爸，您放心。除非我死了，否则，我不会放弃我们一直在追求的和平与梦想！"

这位年仅十四岁的巴基斯坦少女，用自己的生命捍卫着这个国家里的女子应有的权利，用自己的鲜血呼唤世界的和平及对生命的尊重。她所争取的绝不只是一个人的权利，而是整个国家、整个世界的共同愿景。这超越国界与民族，超越宗教与政治的用生命捍卫应有权利的做法如一枚硕大的烟花弹，在世界黑暗之角绽放出了最有力量的绚烂之花。

马拉拉带来的影响是空前的。英国前首相戈登·布朗说："此次袭击导

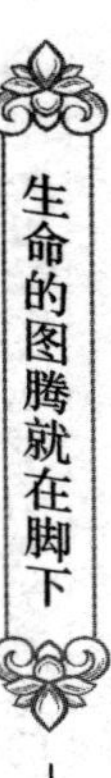

致了儿童运动空前高涨。孩子们穿着印有‘我是马拉拉’的T恤自豪而坚定地主张自己的权利。”联合国宣布，将每年11月10日定为“马拉拉日”，以表彰巴基斯坦这位伟大的少女不畏塔利班威胁、积极为巴基斯坦女童争取受教育权利所做出的杰出贡献。2011年12月，马拉拉被巴基斯坦政府授予“国家和平奖”，成为这一奖项的首位得主。2013年4月18日，《时代周刊》公布年度上榜人物，马拉拉获得亚军之席，仅随美国总统奥巴马之后。《时代周刊》给予她的评价是：塔利班试图让这个巴基斯坦女孩沉默，但却放大了她的声音。2014年，马拉拉获诺贝尔和平奖。她现在成了世界女性争取权益的象征。

“除非我死了，否则我不会放弃我们一直在追求的和平与梦想！”马拉拉用生命和鲜血实践她的诺言，追寻着她最伟大的世界理想。斯瓦特厚重的阴云下，冰冷如刀的山巅上，盛开着一朵名为马拉拉的血色之花，永不凋落。

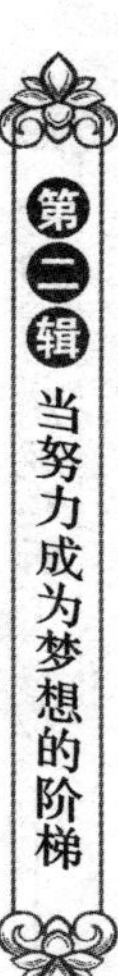

你记得几个人的生日

朱迎兵

1995年马云创办了“中国黄页”网站，第二年为扩大公司规模，向全国招募人马。经多轮筛选，楼文胜和其他三人难分伯仲，可公司只招两人。

这天，公司让这四位候选人到会议室进行最后的面试。他们来到会议室，看到人事部长身边坐着一个瘦削干练的人。待大家坐定，人事部长说：“你们能走到这一步，说明都很优秀，昨晚公司高层研究，想把你们都留下来。但总裁马云说，我们在招员公告中说只需要两人，现在招收了四人，显得我们出尔反尔，不利于公司形象。今天面试，由总裁马云亲自出题。”说完他指了指身边那人，告诉大家他就是马云。

马云和颜悦色地说：“今天，我只想问一个问题，你记得几个人的生日？”

大家面面相觑，为了这次面试，他们昨晚熬夜看了许多专业方面的书籍，但现在这个题目与电脑、软件一点儿关系也没有。

人事部长指了离自己最近的面试者说：“你先说。”那人站立起来，面色通红，嗫嚅着说：“我只记得自己的生日。”

这时，一个打扮入时的青年站起来，他微笑着说，我记得我母亲的生日是农历九月初七，父亲的生日是农历正月十三，妹妹的是三月十八日……他一口气说了十几个人的生日。马云饶有兴趣地听着，待他说完，马云说：“请你再重复一遍。”青年顿时怔住了，好半天也说不出一句话。马云头微微上仰，目光好似穿越了时空，他一字一顿地说：“诚实，是一个人必不可少的品质。”

参加面试中唯一的女孩李荔园说：“我记得我妈妈的生日。我出生不

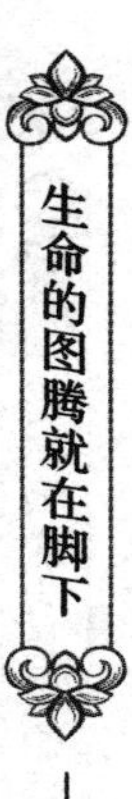

久，我的爸爸就去世了，妈妈含辛茹苦把我养大。为了让我有个好的成长环境，妈妈一直没有再嫁。她的生日是七月七日，每当这一天，我无论在哪里，都会给她打去电话，祝福她生日快乐。”

最后，轮到楼文胜，他说他知道自己父母的生日，还知道女友的生日。在他发言时，人事部长记录着，然后当着四位面试人的面，拨打了楼文胜和李荔园提供的电话，核对后，确认无误。

马云说：“根据今天的面试表现，我已确定录取人员是李荔园和楼文胜。”他接着说，“你们或许认为我今天的面试题很古怪，可是这代表了我们的企业文化，就是关爱是一种动力。我们公司记录着每个员工的生日，每当他们生日，我会亲自送去生日礼物。”

马云又对落选的两个面试者说：“你们不记得他人的生日，不足为怪，我曾经也是这样的人。可我在经历了两件事后，才意识到记住一个人生日的重要。

“第一件是关于我奶奶的。我从小就是一个调皮的孩子，不爱学习，为了哥们义气经常打架，父亲几乎每天都打骂我。家里最疼我的就是奶奶，在她的劝说下，我免受了很多皮肉之苦，她还苦口婆心地给我讲道理。我慢慢大了后，懂了她的话，发愤读书，考上了杭州大学外语系。在大学四年级时，奶奶病了，可她为了让我顺利毕业，一直对我隐瞒着病情。我毕业时，她已经住院几个月，瘦得皮包骨头。她去世后，殡仪馆工作人员让我填写表格，其中有一栏是填写她的出生年月，可我只记得她的年龄，生日却怎么也想不起来。我痛恨自己，连最亲近的人都如此漠视，只为自己活着，还有什么意思？从那以后，我记住了家里每个人的生日。

“第二件事是这样的：大学毕业后，我留校教外语，第二年我与几个朋友一起，利用业余时间，开办了一家“英语屋”，我们把所有的积蓄都投入进去。一年以后，亏损厉害，每人损失了几万元。那是我最阴暗的日子，我对自己的能力产生了怀疑。一天晚上，我独自在宿舍里吃方便面，忽然接到了一个多日没有联系的挚友的电话，他说今天是我的生日，祝我生日快乐。那时，

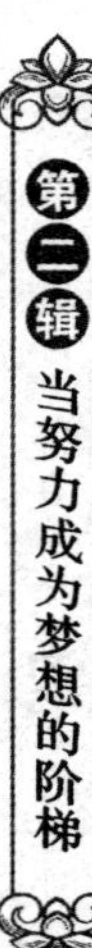

我猛然感到了四处一片光明，心头的阴影荡然无存，原来被人牵挂的感觉是这么美妙！”

楼文胜听了，备受启发，带头鼓起了掌。会议室内掌声一片。

作为一名求职者，不仅要具有适当的技能，还要在思想观念上有所准备，那么请你不妨记住几个人的生日，从而知道感恩，珍惜情感，有容纳别人的胸怀，有融入集体的意愿……这些是一个优秀员工必备的元素，也恰恰是每个老板最需要的。

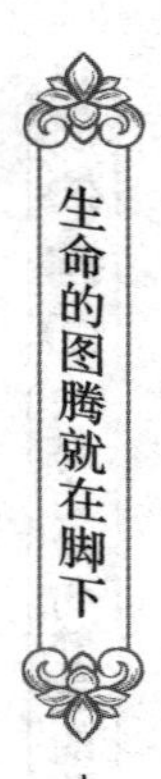

把"缺陷"变成优势

侯拥华

迈克尔·菲尔普斯小的时候是个长得"不一般"的孩子。

他的个子又瘦又高，长长的躯干，短短的双腿，两只手臂垂下可以过膝，不成比例的身材让他走起路来看上去更像一只大猩猩，加上他顽皮不安分的性格，常被小伙伴们称为一只上蹿下跳的猴子。此外，他还长有一对硕大无比的招风耳，于是，有人给他起了个不雅的绰号，叫"大象"。他说话口吃，一开口就会遭到别人的取笑。他的身上似乎到处都是缺点，没有小朋友愿意和他玩耍。当他努力和小朋友们在一起时，最终的结果是十有八九要遭到同伴的嘲笑，最后愤慨而去。而这些，也成了他少年时代难以挣脱的噩梦。

这个长得"不一般"的小家伙，不仅让伙伴们厌烦，更让他的父母伤透了脑筋。上幼儿园的时候，他总是捉弄同学，和同学打架，即使是上课的时候，也不得安静。老师的管教无济于事，于是常常报告到家长那里。当他的母亲来学校时，老师经常会向她抱怨："菲尔普斯在休息时间总是不能安静下来；他上课时也坐不住，更管不住自己的手，他用胳膊肘去推别的孩子，或者咯咯地笑出声来……"听到这些，妈妈黛比羞愧地低下头，不知所措地解释说："也许是他觉得无聊。"但那位幼儿园阿姨丝毫没给母亲留面子，直截了当地宣称："是他没有天赋，什么都做不成。"

上小学的时候，菲尔普斯的不安分给他的学习带来了影响。他的学习实在是糟糕，绝大多数课程的成绩是B、C，甚至是D。妈妈看在眼里，急在心里。终于有一次，妈妈惊奇地发现，在体育和一些实验课程上，他还是能够提起点兴趣的。母亲于是兴冲冲地从家里拿出当地出版的一份日报，指着体育版，对儿子说："瞧！这里有许多有趣的故事！"妈妈是想以此培养他的阅读兴趣。而令她失望的是，他根本坐不下来，也看不进去，把报纸转手丢在一旁就出去玩耍了。

后来，母亲想了许多的办法，试图用讲故事、做游戏等方法训练儿子的注意力，但最终都失败了。

菲尔普斯九岁那年，伤心失落的母亲无奈之下，带他到医院的精神科看心理医生，医生给出的诊断是注意力缺陷多动症。家庭医生建议她，给儿子进行药物治疗。菲尔普斯不得不开始吃那些他不愿意吃的药物。药物治疗的确发挥了一点作用，可以暂时让他安静一会儿，但他却坚持不了多久，就又开始乱动了。

实在没有办法了，妈妈把他领到游泳馆，指着游泳池对他说，以后你就学游泳吧。妈妈这样做，只是想通过游泳来消耗掉他那无尽的、多余的精力。后来，她发现游泳池里的菲尔普斯真是如鱼得水，游得非常畅快。看着菲尔普斯在水中自由自在的样子，妈妈的心宽慰许多，脸上也开始露出难得的微笑。

接下来，令妈妈意想不到的是，有一天，菲尔普斯的教练走过来告诉她："这孩子有超出常人的游泳天赋，请让他开始进行更加专业的游泳训练吧。"妈妈听了，惊讶得说不出话来。这时，教练指着正在水里自由自在游泳的菲尔普斯，自信地说："我敢肯定，2004 年他可以参加奥运会，2008 年他将在奥运会上打破世界纪录……"

正如教练所言，奇迹真的发生了。

悉尼奥运会，十五岁的菲尔普斯牛刀小试，他闯进了 200 米蝶泳的决赛，最终名列第五。十九岁那年，雅典奥运会他一人独得 6 枚金牌 2 枚铜牌，被人们称为游泳界的天才少年。2008 年北京奥运会，二十三岁的他参加了八个项目的游泳比赛，囊括了全部金牌。他戴上自己在北京奥运会上赢得的第八块金牌，享受着振臂一挥全场欢呼的超级巨星待遇。已经站在人生巅

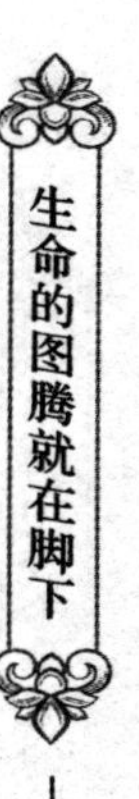

峰的他依然像此前七次得到金牌一样，在第一时间选择了和亲人一同分享这份快乐。端着“长枪短炮”的记者主动让出一条通道，他径直走向在场边观战的母亲和姐姐，将手中的鲜花献给她们，并和她们紧紧拥抱在一起。只是，这一次，他们拥抱的时间更长些。此前，从未落泪的他，也忍不住激动地哭了。

这个时候，人们开始称呼他为“飞鱼”“外星人”，津津乐道地谈论他那无与伦比的游泳身材——他长可过膝的双臂如同双桨，短短粗壮的双腿拥有无尽的助推力……他身材上原来一般人眼中的“缺陷”，今天都一一成为他夺取金牌的优势所在。

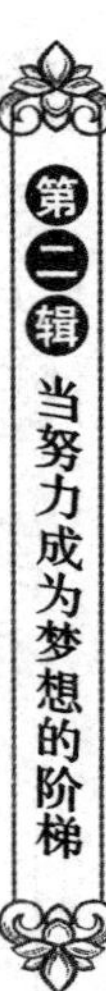

被奥巴马解聘的 CEO

李建珍

在美国历史上,从来没有哪一任总统会去解聘一位民营企业的 CEO 的。经济危机下的奥巴马成了第一个"吃螃蟹"的人,而通用汽车公司 CEO 瓦格纳也相应地成了被美国总统解聘的第一人。

56 岁的瓦格纳在通用工作了 32 年,是一位公司上下都有口皆碑的老好人。他担任 CEO 期间,继续让每位退休工人领取高额的养老金,还为全公司员工提供高额的医疗费。资料显示,通用汽车在职员工为 26 万人,而每月领取 3000 美元退休金的人员则达到 50 万人。2004 年,通用汽车在一辆车上要消耗 1528 美元的医疗保险和 695 美元的养老金,总计是 2223 美元;而丰田汽车在一辆车上只消耗 201 美元的医疗保险和 50 美元左右的工人贡献奖金。2005 年的情形显示,通用在一辆汽车上分摊的医疗保险是 1850 美元,养老金为 700 美元,总计 2550 美元;而丰田公司的平均医疗保险仍旧保持在每辆车 200 美元左右,为工人提供的奖励还是 50 美元。如此,通用和丰田在每款产品上的成本差距达到惊人的 2300 美元。这就是丰田在 2008 年将连续 77 年全球销量冠军的百年通用拉下马,让自己成为全球第一的关键因素。

通用汽车公司 CEO 瓦格纳不仅是一个性格温和、与人为善的好人,也是一个极具才华和雄心壮志的英雄人物,他高中时就以所有科目第一名的好成绩考入美国杜克大学,毕业后直接被哈佛商学院录取。"股神"巴菲特特别欣赏他的才干,曾写信对他表示支持。2006 年,通用公司销量下滑,瓦格纳自降一半的薪酬。2009 年,他更是只拿一美元的工资。2008 年 11 月,他到国会陈述困境、希望得到政府 300 亿美元的帮助时,有人指责他不该奢侈

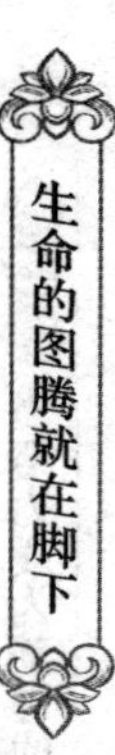

地乘私人飞机来。他马上接受意见,一个月后,他再次到国会时,连普通客机的经济舱都没有坐,是自己开节省能源的电动车去的。相对于那些将美国政府投入的扶持资金用来提高自己奖金的金融巨头来说,瓦格纳真是一个深具谦虚和清廉美德的领导人。

瓦格纳说:“我要领导通用走出危机,通用将拥有一个伟大的未来。”他觉得自己对通用负有不可推卸的责任,所以他计划继续留任,并一直坚持到公司所有事宜都步入正轨。

但是瓦格纳的雄心挡不住全球经济危机的侵袭,他成了末路英雄,在残酷的弱肉强食的世界里,他带着他的善良、努力和顽强败走底特律。

追究他失败的原因,除了难以抵挡的经济危机、高额的经济负担外,还有通用汽车战略决策的失误。

首先,在1980年全球休闲越野车销售开始进入旺季的情况下,丰田和福特相继推出休闲越野车,而对研发毫无技术困难的通用来说,他们却花了五年的时间才推出凯迪拉克越野车。市场是无情的,他们推出这款高档越野车不久,由于油价的高速提升,越野车的市场需求开始下降,小型车、节能车的需求却在不断上升,而此时通用汽车只在1980年推出了一种叫“土星”的节能车,就这么一种产品,且五年没有推新车型,还把大量精力放在推凯迪拉克、悍马这样昂贵的越野车上。

其次,通用汽车早在1990年就率先研发成功了一款类似丰田普瑞斯那样的混合动力车,但他们很快就放弃了。不料,从2006年开始,混合动力车的销售却直线上升。2008年底,丰田普瑞斯的销售达到60万辆,而此时,通用宣布到2010年,他们才有第一辆混合动力车,而且产量只能达到一万辆。

瓦格纳2003年接手通用,不到两年,这家百年老店便开始步入史上最糟糕的时代。2005年起连年亏损,2007年亏损高达387亿美元,成为其百年历史上空前巨大的亏损数额。曾担任过通用首席财务官的瓦格纳把宝押在了华尔街,希望资本市场能解决通用的现金流问题。不过“计划赶不上变化”,2008年美国次贷危机横扫华尔街,通用的资金问题变得一发不可收拾,2008

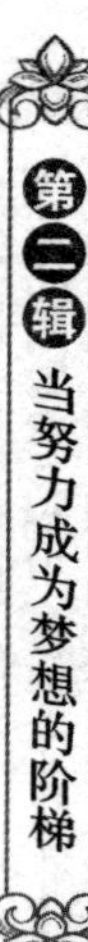

年继续巨亏309亿美元。面对这个庞大的“烂摊子”，瓦格纳向政府申请300亿美元的援助，奥巴马政府慷慨地付出134亿后，要求拿出一个切实可行的、看得见摸得着的改革方案，而瓦格纳温和的改革力度没能达到奥巴马政府的要求，于是上演了奥巴马政府干预企业，要瓦格纳辞职，由通用汽车的首席营运长亨德森接替瓦格纳出任首席执行官一职的事件。同时，奥巴马也只给亨德森60天时间，到6月1日，要拿出大刀阔斧的改革方案，否则通用汽车就有破产的可能。

2008年，标致雪铁龙净亏3.43亿欧元，法国最大的汽车制造商标致雪铁龙公司在瓦格纳发表辞职声明的前一天，宣布解除与首席执行官克里斯蒂安·斯特雷夫的合同，与斯特雷夫对无端被炒大声喊冤相比，瓦格纳很平静地接受了奥巴马政府的建议，并认为亨德森是一个很好的接班人。

身材高大的瓦格纳黯然离去的背影留给汽车业以及其他任何一个行业的启示是：谦虚、善良、高尚是美德，会为个人赢得好名声，但绝非竞争社会克敌制胜的法宝。任何一个企业在规模扩张的同时要努力控制成本，而资本社会中成本的控制靠的不是美德而是能力。

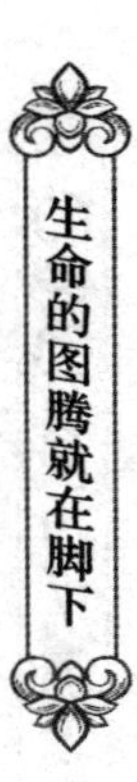

当努力成为梦想的阶梯

苏 洁

她是被印度骄傲地称之为“国宝”的钱德罗·托马尔。如今七十八岁高龄的她不但身体硬朗，而且视力颇佳，曾经拿下过二十五个国家级射击比赛的冠军，创造出了骄人的射击成绩，并赢得了“世界最老女性神枪手”的美名。

也许没有人会想到，之前的托马尔并不是一位专业的射击手，相反她只是生活在印度北方邦朱赫里小村庄的一名普通家庭主妇，育有六个子女，孙儿有十五个。她缘何走上了射击之路？这还要从一次偶然的小事说起。

大约十年前的一天，六十八岁的托马尔的小孙女马祖想去村里射击俱乐部里学习射击，但小女孩缺乏勇气不好意思独自前往，于是坐在沙发上愁眉不展。托马尔看见了，就问：“怎么了，我的宝贝，有什么难心事吗？”马祖说：“老祖母，我想学习射击，但是我又有些害怕。”托马尔微笑着说：“去吧，好孩子，我支持你。”马祖想了想撒娇地对托马尔说：“亲爱的老祖母，我一个人不敢去学习，你陪我去练射击吧，相信有你的陪伴，我一定会练得更加起劲的！”托马尔听完会意地笑了，她想，陪陪小孙女去练习射击就当作支持她好了，再说也多了一项体育锻炼，于是便同意了。也许她万万没有料到，这竟然改变了她今后的人生之路。

那天，在射击俱乐部，她第一次近距离接触射击，不知为什么内心里有种特别的激动，尤其是那些射击队员射击时的飒爽英姿让她十分向往，也想去尝试，但又觉得有些不好意思，毕竟射击场地上没有像她年龄这么大的老人，最后她还是鼓足勇气在赛场小试身手。可让所有人都没想到的是她竟

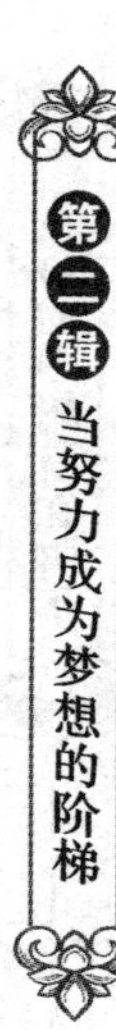

然射得又稳又准，这立即引起了现场很多人的围观，人们简直难以置信，一位白发苍苍的老人，且从未接触过射击，但却显示出她在射击方面过人的天赋。很快，这件事就引起了俱乐部一名射击教练法鲁奇·帕桑的极大关注，在他的鼓励之下，托马尔决定以后每周都到这个射击俱乐部里练习射击。

从那天开始，她就彻底迷上了射击，不仅每周去俱乐部里风雨无阻地坚持练习，而且即使在做家务时，她也见缝插针练习瞄准，不断地朝水瓶里扔石头。在刻苦努力之下，她的射击水平不断提高。

提起第一次参加国家级比赛的经历，托马尔至今记忆犹新。那天，她一出场就引起了赛场上的极大轰动，人们不相信这样一位年逾花甲、白发苍苍的老人也能参加这么重大的射击比赛。当所有人对她都抱有怀疑的态度时，她却在赛场上神情自若，显示了极高的心理素质，最终获得了非常理想的比赛名次。当捧起奖杯的那刻，她不禁热泪盈眶，而赛场内响起了一阵阵热烈的掌声，这是对她最好的鼓励。

在随后的十年间，她先后参加了二十五次印度国家级射击比赛，并多次赢得奖牌，曾经一度在印度钦奈举行的退伍军人射击锦标赛中击败专业选手拿到了金奖，还曾在警察射击比赛中击败专业神枪手，落败者甚至包括德里警署的监察长。

托马尔对射击的狂热赢得了家人的支持，特别是她的女儿西玛，西玛也是一名国际射击运动员，并成为首个在国际射联世界杯赛中获得奖牌的印度女选手。

托马尔励志的行为鼓舞了许多人，在射击俱乐部里练习的很多人，之后在军队或警署都找到了好工作，都是因为她的鼓励。提起此事，西玛对年迈的母亲一直是赞不绝口。

每当有人提起她的辉煌成绩时，她总是很谦虚地说：“这算不了什么，任何人努力都可以做到，我只不过是比别人先进步了一点。”同时她还深有感触地说道：“我想在有生之年做一些有意义的事，向人们展示我的能力。现在通过努力证明了，年纪不是问题，只要你百分之百地投入，就可以做到任

何事情!”

钱德罗·托马尔老人正是凭借着这种顽强的精神和不懈的努力,有了一个与众不同的人生。她的成功故事告诉我们,成功没有时间和年龄的限制,也不受任何条件的制约。一个人只要心怀远大的目标,把努力变成实现梦想的阶梯,持续地向上攀登,那么成功一定会最终属于你!

在悬崖边健步如飞的人

王 英

这是一个真实的故事，男主人公叫林方云，被网友们称之为“世界上最美丽的邮递员”。

那也许是世界上最高的邮路了，海拔两千米的悬崖，积雪遍地。那也许是世界上最危险的邮路了，悬崖窄得只容一个人通过，且稍不留神就会摔个粉身碎骨。然而就是这样的大山，这样的悬崖，却有一个特殊的邮递员，一走就是二十一年。

第一次见到他。是在七曜山旅游时。当时，我正走在崎岖的山道上，一个年仅十五六岁的少年，背着篓子，走在我的前面，篓子里是满满的信件和包裹，估计有四五十斤重。道路本来就崎岖，再加上厚厚的积雪，我踩在上面，心都发麻。又是一个极其陡峭的拐弯，望着两边深不见底的悬崖，我彻底胆怯了，后悔真不该抱着好奇心踏上这罕有人迹之地。

他突然停了下来，转身，一双眼睛绽放着光芒。他问：“需要我帮忙吗？”说着，便伸过来一根细细的竹竿。尽管有他在前面带路，我还是走得很小心，很忐忑。因为，前面的路窄得只能容下一双脚，哪怕有一点偏离，后果都不堪设想。

终于过来了，我连声道谢，问道：“你经常走这条路？”

他想了想说：“今天正好是第五个月了。”

我说：“你一个人，不怕吗？”

他笑了，指着后面说：“你看，我爸不是来了吗？”

我顺着他指的方向看，果然有一个背背篓的男人健步如飞地朝这边跑

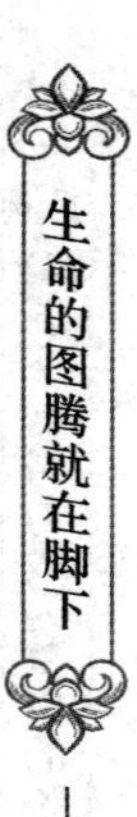

过来。

等男人赶过来，我们一前一后地往前走。男人说：“这几个月邮件太多了，我一个人背不走，无奈之下只好动员孩子一道走邮路。”

“你们每天都要送么？”

“是的。”男人说，“每天早上4点就起床了，啃一个馒头就匆匆出发。有时为一封邮件要走十五六个小时才能送到，而且送了就要走，赶时间，即使这样回到家也已经是深夜了。在这段路上走，最怕的就是下雨和摸黑。碰上手电坏了，或者下雨，就只好找个岩洞待一晚，夏天还好一点，冬天冷，好几次我都差点被冻死。”

“为什么不选择走平坦一点的道呢？”

“以前，我也想过的，但是绕的路太多，一趟根本送不到，所以我又重新走这条悬崖。为了安全起见，我几乎用了整整一年时间修整这条路，去荆棘，筑扶栏……其实这条路也不仅仅是我一个人整的，听到我要长久送邮件，附近的乡亲们都过来帮忙，他们都是好人，费了那么多力，只是为了弄一条邮路。”

又走了一阵儿，肚子忽然咕咕叫了起来，少年笑了，跑到附近的一个山头里，不一会儿就摘了几个野果回来。男人告诉我，走这条路，体力消耗很大，采几个野果，是得以前行的最好办法。男人抬头看了看远方继续说：“我时常想，其实上天对我真的不薄，有那么多人关心着我，连大自然都对我特别恩惠，让我顺顺利利地走完这些年，没有出一次意外，我挺心满意足的。”

“那你做了多少年啊？”

男人嘿嘿笑了，说：“从我三十岁那年，邮政局局长请我帮忙跑几天开始，到如今我已经五十一岁，整整走了二十一年了。其实，期间很多次，我都打过退堂鼓，毕竟太艰苦了，可是我又放心不下，毕竟大山里需要邮政，乡亲们需要我啊。”

和他们告别之后，我怀着强烈的好奇心来到了当地的邮局，局长告诉我，这二十一年来，他至少走了四十五万公里，相当于绕赤道走了十一圈多，

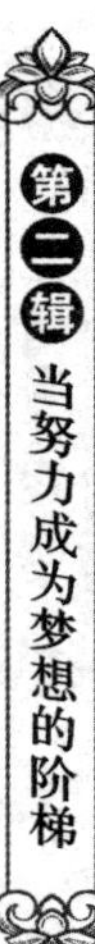

他已经穿破了二百五十双解放鞋呢。

我被这位已经不年轻的邮递员深深感动了。二十一年，四十五万公里，那是用生命走出的一段不平凡的邮路啊。

我望着高轫千尺的悬崖，我想，此时的他正坐在小坡上，吃着野果，享受着那难能可贵的片刻休息时间；正是因为有了他，因为有了这锲而不舍的大山精神，大山里的邮政才一直畅通无阻。

我知道，这个世界上有很多像他这样无私奉献的人，我更知道，还有很多从大山里走出去就不想再回去，甚至怨恨大山的人。真的，我很想告诉他们，知道吗？在重庆一处海拔两千多米的山上，有一个邮递员，从青年到老年，日复一日、年复一年，硬是用他的双脚走出了一条累计长达四十五万公里的、令人震撼和感动的邮路。正如他在接受采访时所说的那样："我不知道我还要送多少年，但只要大山还需要我一天，我就走一天。我走不动了，我的儿子走，儿子走不动了，孙子走，只要我身边还有亲人，我就不会让大山里的邮路荒废。"

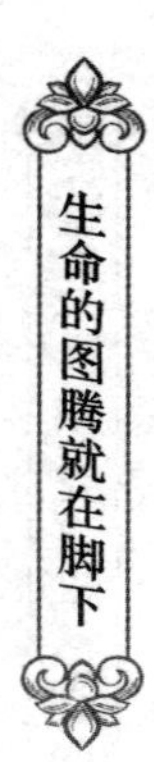

看见你的身影

薛俊美

那天上午，我正在教室给学生上课。突然，响起了几声微弱的敲门声。

我打开教教室门，是一个衣着破旧、身上布满灰尘的学生家长。他嗫嚅着，结结巴巴地说：“老师……我……”只见他高高挽起的裤腿上，还沾着些许的血渍，额头也有些红肿。

我赶紧交代学生先写作业，领着他去了办公室。他很拘谨地站在那儿，我一连说了三声“坐吧”，他才侧着身子，半坐在椅子上，手还不时地搓着，不知道说什么好。

我知道，这是班里刘成的父亲。说起来，刘成的家庭状况真是让人嘘唏不已：父亲的心智比常人差一些，再加上家贫，只得娶了外村一个精神有问题的婆娘，也就是刘成的母亲，而且刘成的母亲隔三岔五的就犯病。可是刘成却从小聪明，学习一直很好。但自打上了初三，不知怎么的迷上了网络游戏，从此他的学习成绩一落千丈。

作为班主任的我，苦口婆心地劝说过刘成多次，但他依然我行我素，沉浸在虚拟的网络游戏中不能自拔，经常逃课。我知道，刘成的父亲下定决心来找我，还是希望我出面劝一劝刘成，希望他能改邪归正，重回到学习上来。

说实话，对刘成我真的有些放弃了。想想在班里我劝说刘成时，他不听劝告公然对抗的样子，我真的不想管这个已经学坏的孩子了。不过，看看眼前刘成父亲流血的膝盖、红肿的额头，不知道他怎么走过十几里的山路才一路摸爬滚打地来学校找到我；他也不知道该说什么，只是一直低着头，不断地重复地说着“老师……老师……”我知道，他是把对儿子所有的希望都押

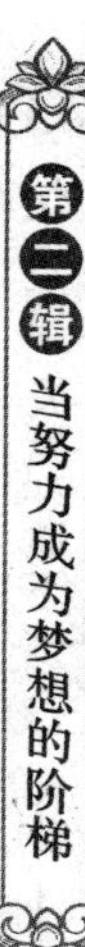

在了我的身上。我有些于心不忍，还是点头答应了他，并让他放心，我会尽我所能地帮他，不愧对优秀班主任这个称号。

刘成的父亲千恩万谢地走了。我思考良久，终于想出了一个办法，姑且试试再说吧。

我到镇上一个网吧一个网吧地找，终于把两眼布满红血丝正兴奋酣畅地过得游戏大战的刘成强行拉了出来。他脸上现出强烈的怒气和不服，我对他说：给我两个小时，两个小时就成。也许是多日酣战游戏让他有些烦闷，也许是我这个班主任还有一丁点儿的震慑力，他最终乖乖地跟我上路了。

于是，在那样一个阴沉的下午，我和刘成躲在路旁的灌木丛里，等刘成的父亲送煤球从此处经过。那是一段上坡路，道路很难走，更不用说负重前行了。等一会儿，只见刘成的父亲拉着满满一车煤球艰难地过来了，佝偻的腰身，花白的头发，几近贴地的身体，更令人心酸的是，板车的后面还拉着用一根绳子绑着的刘成那智障的母亲，此时的她一脸嘻嘻哈哈，不时东窜西跳，可怜刘成瘦小的父亲几乎用尽了全身的力气，才勉强拖动板车前移一点儿，我看得心里发堵、难受，眼泪一下子就流出来了。

我转过身，擦去眼泪，看见一旁的刘成正木然地站立着，牙关咬紧，腮上现出一条条青筋，手也紧紧攥着，仿佛一松手就会倒下。此时，正在拼了命上坡的刘成父亲，脸部几乎就贴着地面了，突然板车后面的母亲往后使劲退，精疲力竭地父亲险些被拖着滑下去，幸好他时刻警醒犯病妻子的行为，又是一番努力，一步，两步，三步……终于，刘成的父亲拖着那重重的一板车煤球和只知傻笑捣乱的妻子走过了那段上坡路。

看着刘成父亲那矮小佝偻的背影，越来越远，越来越远，直到看不见。我长长地松了一口气，身旁的刘成已是泪流满面，扑通朝着父亲母亲的方向跪了下去：老师，我要是再混，就真的是禽兽不如了……拉起刘成，我知道，刘成，这次是真的长大了！这一次的身教胜于千百次的言教，当然我也更深刻地体会到了一个父亲在这样一个家庭中的悲壮责任。

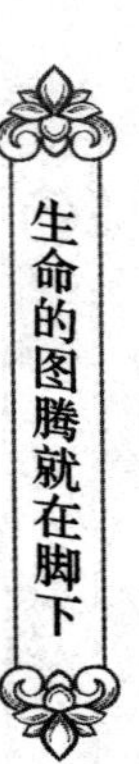

一直以来，在我心灵深处，那个矮小又佝偻的父亲的身影，一直是那么高大和感人。我想，任何一个人，即使是再清贫，也有一颗圣洁的灵魂，即便付出所有也义无反顾。

第三辑

世界因我而美好一点

如果因为有了我，有了你，有了他，这个世界因而变得美好了一点，哪怕只是微乎其微的一点点，我们的心，亦堪慰藉。

世界因我而美好一点

孙道荣

去探望一位生病的朋友。他自知时日无多，但他的脸上没有绝望，也没有哀伤。我们在一起回忆了很多愉快的时光，临别的时候，他笑着对我们说，他这一生，虽然短暂，没有过轰轰烈烈的壮举，但也没留下多少遗憾。来人世间走一遭，这个世界，因为有了他，而变得美好一点点，他觉得很知足，很欣慰。

朋友的话，一直响在我的耳边。

是啊，我们大都是凡夫俗子，生活平平淡淡，一辈子也没有做过什么壮烈的事情，很平凡，甚至很平庸，但是，如果这个世界因为有了我们，而变得稍稍美好了一点，那我们就不算白来过，也就不枉此生了。

首先，我想对父母说，慈爱的父母，有没有因为有了我，而使你们多了一点安慰？从小到大，我让你们操够了心，年少时，因为调皮捣蛋，给你们惹了很多麻烦。及至长大成人，也没有让你们少费心。这些年，我的学习，我的工作，我的生活，无不让你们惦记，放心不下。像所有的孩子一样，在父母面前，我似乎总也长不大。谢谢你们无怨无悔地养育了我，总是尽你们所能呵护着我，而我对你们的恩情却无以回报，甚至在你们最需要我的时候，都不能侍奉在侧。身为人子，我一直心怀歉疚，忐忑难安。亲爱的爸爸妈妈，虽然我做得还远不够好，但如果因为有了我，而令你们有过些许安慰，带给你们了些许快乐，在念到我的时候，你们的内心总能漾起一股温暖的感觉，那么，我也就不枉为你们的孩子了。

对于我的妻子，我想说，你辛苦了。嫁给我这么多年，我未能为你带来

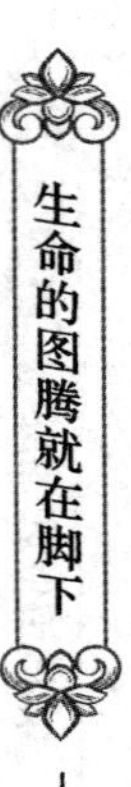

荣华富贵,甚至都无力让你生活无忧,为了生计,你不得不和我一起打拼,操持家务,孝敬老人,抚养孩子。这几年,你的白发变多了,皱纹也开始爬上了曾经俊俏的脸庞,让人心疼不已。我知道自己不是一个成功的男人,也难算一个称职的丈夫,这让我羞愧不安。我所能做的,只是每天尽量早一点回家,帮你一把,和你唠唠嗑,陪你看一集你喜爱的电视剧。亲爱的妻子,如果因为有了我,而令你感受到一丝温情,觉得生活终归还是有一点盼头的,那么,我也就不枉为你的丈夫了。

我的儿子已经去外地读大学了,孩子,自从有了你,我们这个家就充满了笑声,你给我们带来了无数的快乐。可是,作为父亲,我深知自己做得很不够。我对你要求太严格了,你小的时候,我责骂过你,狠狠地打过你,有时候是你做错了,有时候却只是你未能遵照我的意愿。现在你长大了,独自一人在异地他乡求学,从此之后,你将独自面对生活中的一切,我恐怕难以再帮上你什么了。可爱的儿子,如果因为有了我,让你体验过自信、坚强和支持,让你提到我的时候有一点自豪,那么,我也就不枉为你的父亲了。

朋友们给了我友谊,给了我温暖,也给了我力量,使我在人生最痛苦的时候,也没有失去生活的信心,没有迷失人生的方向。而我给予你们的,却少之又少,我没有权势,对朋友的困难往往也帮不上什么忙;我没有地位,不能让你们因为有了我这个朋友而蓬荜生辉。但是,我挚爱的友人们,如果因为有了我,给大家带来过笑声,我的陪伴没有让你们生厌,那么,我也就不枉为你们的朋友了。

还有一起共事这么多年的同事们,我们朝夕相处,携手工作,同甘共苦。我没有出众的能力,解决不了什么大难题;也没有什么大志向,没做出什么十分骄人的业绩。甚至有时候,还会出些差错和纰漏,给大家带来麻烦。可是,我还算敬业,肯吃苦,不计较。敬爱的同事们,如果因为有了我,工作不单是养家糊口的手段,也不仅仅是枯燥的简单重复,而变成一个彼此信赖、彼此尊重、其乐融融的环境,使你们在谈到我的时候,轻松地莞尔一笑,那么,我也就不枉为你们的同事了。

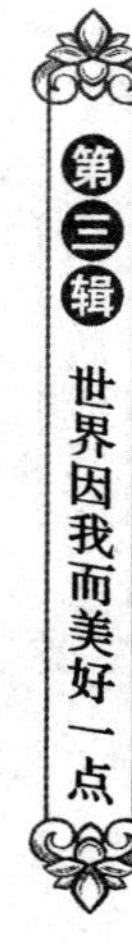

没错，我们都是普通人，平凡，琐碎，近乎微不足道，一辈子也没做出什么惊天动地的大事，我们很难改变世界，但是，这并不表示我们是可有可无的，我们的价值同样不可或缺。如果因为有了你我，邻里和睦，老幼有序；如果因为有了你我，开往远方的车厢里充满了欢乐；如果因为有了你我，陌生的路人礼让三分，会心一笑……在我看来，这就是在改变世界。

如果因为有了我，有了你，有了他，这个世界因而变得美好了一点，哪怕只是微乎其微的一点点，我们的心亦堪慰藉。

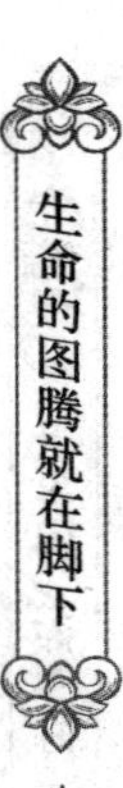

和李小心相伴一生

海清涓

肖君里是美院的高才生，毕业后在金色大街187号开了家广告公司，规模不大，加上他一共才五个人。不过，肖君里是个乐观的人，有没有生意他脸上都笑呵呵地。

有次，肖君里到隔壁的打字复印店找郑姐借东西，正碰上郑姐被李小心出的谜语难住了，郑姐就请肖君里吃冰淇淋，帮着猜谜语。

李小心是郑姐请的打字员，到金色大街187号一个月了，肖君里从没见她笑过。平时基本不说话，见到肖君里也不打招呼。路上碰到，肖君里笑着叫李小心，她也只是抿着嘴点点头，然后快步向前走。

从那天开始，肖君里就喜欢上了猜谜语。他出谜语，如果工人全回答正确，他就请客，当然吃的不是方便面，就是刀削面。工人们以前有空就打牌，打牌输了要掏钱，而猜谜语一分钱不花，赢了还能少回家吃一顿饭，何乐而不为。

就这样，每个周日猜谜语的活动，就在金色大街187号不成文地成立了。当然，不光是肖君里一个人做东，而是谁出谜语谁做东。大家全猜对，出谜语的人做东，一个也没猜对的人也要做东。猜谜不能在网上找答案，要自己思考，这样不仅消磨了时间，还动了脑子、长了知识、增进了友谊。只是李小心很少参加猜谜活动。

这天，郑姐出了个谜面：亲亲小嘴，对对小嘴，落到地上还张着小嘴。肖君里摸着脑袋想了好半天，还是没有猜出谜底是什么。

郑姐得意地笑说："小肖，不要白费力气了，猜到关门下班也没有结果，

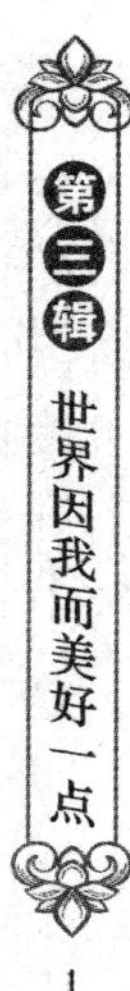

我看你还是认输吧。”

“这个谜语太简单了，我上小学就会猜了。”李小心拎着包进来，看了一眼办公桌上的A4纸，小声对郑姐说了一句。

“李小心，你不要吹牛，我猜了半天都没猜到，你说上小学就会猜了，那我问你，谜底是什么？说对了，晚上我请你吃饭。”肖君里追到电脑边。

李小心坐到电脑前，脸涨得通红，用手指了指鼠标旁边那一小袋瓜子。

“瓜子？原来跟你的脸型一样。”肖君里恍然大悟。

郑姐说李小心的答案是正确的。为了表示感谢，肖君里要请李小心吃饭，李小心却说要加班不愿意去。

之后不久，肖君里带了一位漂亮女孩来，跟郑姐和李小心介绍说，是他女朋友，名叫洪雅云。郑姐笑着向他祝贺，李小心冷着一张瓜子脸没有吭声。

过了几天，肖君里给郑姐她们说跟洪雅云回了一趟她的老家，还说回来时特意给李小心带了一包新鲜泥巴花生。

李小心最喜欢吃泥巴花生了。收到肖君里的礼物，李小心很是意外，连忙问肖君里多少钱，并要给他钱。

肖君里却不以为然地说：“这是送你的，就当你帮我猜出谜底的酬劳。”

这以后，肖君里遇到猜不出的谜语，就跑到隔壁请教李小心。李小心每次都能够猜对，让肖君里少请了好多回客。

有一回，小王出了三个奇怪的谜语把大家都难倒了。

> 背脊上面都是鳞，背脊下面都是筋，生着一个大肚子，张开嘴巴吞活人。
>
> 低低山，高高山，高高山上一只羊，牵牵大大，不牵不大。
>
> 姓石的姑娘，怪模怪样，牙齿长在肚皮里，肚脐生在背上。

肖君里猜不出，又到隔壁请教李小心。

李小心正在给客户整理资料，听肖君里说了谜面，说：“肖总，你是城里长大的，这三样东西你是想破脑袋也猜不着的。”

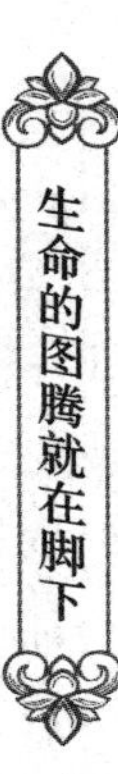

肖君里拉住李小心的手，赔着笑："好李小心，不要卖关子了，快点告诉我谜底。"

"是瓦房、磨子和纺车。"李小心抽开手。

肖君里满怀感激地说："李小心，我一定要请你吃饭。"

"吃个铲铲！"此时洪雅云恰好到广告公司，发现肖君里不在，便跑过来骂李小心，说她是第三者、狐狸精，勾引她男朋友，还推了李小心一把。

肖君里连哄带骗把洪雅云拉上出租车走了。李小心伤心地哭了一场。

肖君里回来向李小心赔礼道歉，李小心装着打字，不理睬他。

郑姐在一边说："小肖，你找洪雅云这样一个好看不中用的醋坛子，这辈子够你受的。"

肖君里开玩笑似的说："那我把她休了，你帮我介绍一个不吃醋的女朋友。"

郑姐瞟了李小心一眼，说："爱情要主动争取，别人介绍的我认为不可靠。"

三天后，郑姐的儿子过十岁生日，郑姐宴请金色大街187号的街坊邻居，肖君里和洪雅云也去了。

席间，肖君里不顾洪雅云坐在身边，大口喝酒大口吃菜，还提议用猜谜的方式做酒令。

肖君里先出了几个地名谜："终年积雪峰，去月宫必经之路，海上绿洲，水陆不通，闪光的河流，珍贵家禽，尊老爱幼成风。"

郑姐和洪雅云想了好久，也猜不出来。

李小心眼都没眨一下，就一口气猜出来了："长白山，天门，青岛，山海关，银川，宝鸡，常德。"

众人一起为李小心鼓掌，洪雅云脸色很不好看。

李小心出了几个现代名人谜语："百年老屋，四川钞票、山东急电、放眼世界，望洋兴叹，庄稼人，成吉思汗。"

肖君里一下猜出来了："老舍，巴金，鲁迅，张大千，张恨水，田汉，王蒙。"

有人开玩笑说,肖君里和李小心两个人一猜就准,真是心有灵犀一点通。李小心的脸倏的红了,肖君里借喝酒掩饰内心的激动。洪雅云气得脸上红一阵白一阵,要跟肖君里分手。

郑姐儿子生日过后,果真没见洪雅云再来过金色大街187号。肖君里还是常来找李小心解谜,也许是听郑姐说肖君里跟洪雅云分手了的原因,李小心对肖君里的态度比以前好了,帮他猜对了很多难度大的谜语。有时,肖君里请李小心吃饭,李小心也不拒绝。

这天下午,李小心正专心打着字。肖君里拿着一包巧克力进来,说要出几个新谜语,考考李小心。

“有一种动物,小时四条腿,长大两条腿,老了三条腿。”肖君里话音刚落,李小心就脱口而出:“太小儿科了,人。”

“看得出,摸得出,等到摸不出,亲人眼泪出。”肖君里又出了个谜语。

“脉搏。”李小心回答得很干脆。

肖君里不服气,接着出谜语:“大如拳头像个桃,关在小房日夜跳,伴你工作和休息,人人视它为珍宝。”

李小心把手从键盘上拿来开,指了指胸口:“心脏。”

“是我对你的爱的心。”肖君里喂了一块巧克力到李小心嘴里。

李小心咬住巧克力,难为情地别过脸:“可是,你已经有洪雅云了。”

肖君里说:“洪雅云就是因你才跟我分手的,所以,你害我失去了爱情,你要赔给我。”

“我这个人性格内向,不会说媒,怎么赔你的爱情。”李小心手放在键盘上,一脸老实。

肖君里看着李小心的脸,坏坏地笑着说:“很简单,你做我女朋友。”

“不行,我没有谈过恋爱,我不会谈恋爱。”李小心惊慌地站了起来。

肖君里说:“我可以教你。”

李小心低头,不说话。

肖君里只好转开话题:“小心,你给我出谜语。”

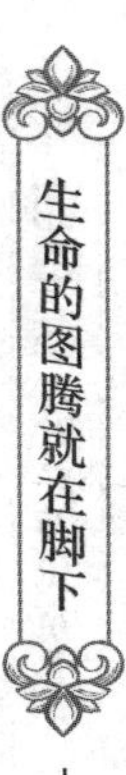

李小心坐下:“日积月累,积水成河,表里如一,移花接木,妙不可言,千言万语,逆水行舟,执迷不悟。”

“年,可,回,园丁,哑女,长篇小说,九江乘船去重庆,拿着谜条猜不透。”肖君里想了想回答。

李小心点点头。

肖君里接着说:“相逢何必曾相识,欢声笑语遍神州。”

“一见如故,乐在其中。”李小心立即接上。

其实,小时候的李小心是个活泼开朗的女孩,后来父母离异各自外出打工,她跟着奶奶生活,成了留守儿童,没有父母的爱,常被表兄表姐欺负,才渐渐养成了沉默自卑的性格。

肖君里坐到李小心身边:“笑是会传染人的,你做我的女朋友,保证你快乐得想要飞。”

李小心移动了一下椅子,摇了摇头,出了五个字谜和一个成语谜:“用当头,牧羊成群,田土,六旬,一横又一撇,生产必须出正品。”

“肖君里朋友,不可造次。”肖君里喝了口水,也出了一个成语谜,八个字谜:“十五看玫瑰,中秋节,树种,少一撇,童下,双木不成林,一人一半,见人就变大,牛过独木桥。”

“花好月圆,和李小心相伴一生。”李小心说出谜底,脸颊一下变红了。

肖君里向李小心表白心迹:“小心,第一眼见到你,你的沉默忧郁就深深吸引了我,我就有种想保护你的感觉,我想走进你的内心世界,用我的阳光扫荡你心中的阴影。你这样纯洁美丽的女孩子,应该生活在快乐中。其实,找你猜谜是借口,洪雅云也是个托儿,她是我大学里关系很铁的一个同学。”

李小心又惊又喜,抡起小拳头捶打肖君里:“你好坏哟。”

“没办法,谁让我想和李小心相伴一生呢。”肖君里抓住李小心的手,轻轻吻了一下。

李小心嫣然一笑,小小巧巧的瓜子脸上,露出两个可爱的小酒窝。

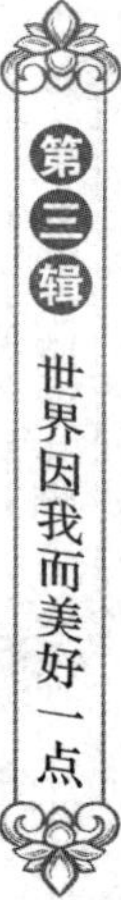

拥有一颗慈善的心

苏　洁

德国的汉诺威市有一家历史悠久的莱布尼茨饼干公司，该公司的黄油饼干品牌创立于1891年，是公司历史最悠久的产品，受到了全球人们的喜爱。一百多年前，该公司创始人委托著名艺术家用一块青铜制作了这座公司的标志物，作品展现出两个男人对举着一个面包圈，圈中锁链拴着一块镀金的莱布尼茨饼干。正是这块重约20公斤、距离地面5米高的镀金饼干却在2013年1月21日这天夜里突然不翼而飞。

很快镀金饼干失窃事件就被媒体曝光了，人们对这起案件议论纷纷，都在猜测窃贼到底是谁？他为什么要盗窃这块莱布尼茨饼干公司的标志物呢？按说卖废品的话也不值多少钱，但它对莱布尼茨饼干公司来说意义非凡。于是警察局立案后迅速展开侦查，可是没发现窃贼的一点蛛丝马迹。可一周以后，汉诺威市当地一家报社意外收到一封窃贼发来的勒索信，窃贼很狡猾，为了不暴露自己的笔迹，信的内容居然全是用花花绿绿各种报刊杂志剪下的文字贴起来的，看起来非常好笑，勒索信是这样写的：

尊敬的莱布尼茨饼干公司高层领导们：盗窃镀金饼干的初衷并不是为了获取金钱，而是为了督促贵公司从事公益活动，请为Bult医院的每位儿童发放好吃的牛奶巧克力饼干，那里的孩子们特别喜欢吃你们公司的饼干，注意不是黑巧克力，也不能没有巧克力。此外，还需要捐款1 000欧元给Langenhagen的动物收容所，这些动物们需要你们公司的帮助。如果能完成上述公益活动，我一定及时归还镀金饼干。

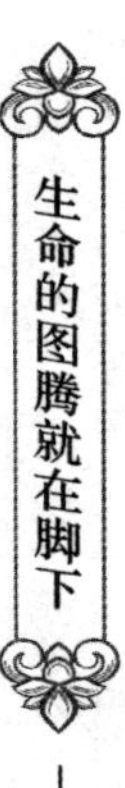

同时勒索信中附有一张彩色照片，照片上是一个穿着饼干怪兽服装的人，他洋洋得意地拿在手里的正是那块失踪的镀金饼干。人们这才相信这起案件真的是这名窃贼所为。

在收到勒索信以后，莱布尼茨饼干公司总裁特别拍摄了一段视频，他以与儿童对话的语气，语重心长地对“饼干怪兽”说道：

尊敬的饼干怪兽朋友，你是那么的可爱和顽皮！所以请不要威胁、敲诈你的朋友好不好？其实我们一直都没有停止公益活动。如果你愿意把公司的招牌还回来，我们对此事将不会追究，警察叔叔也不会难为你。另外，我们承诺如果你归还金饼干，我们将向52个慈善机构捐献52 000包饼干。相信你看了我的信后一定会非常高兴的，期待我的饼干怪兽朋友能做出正确的选择。

这桩敲诈勒索案在公众看来非常好玩，但当地警方却不这么对待，认为犯罪嫌疑人不仅涉及偷窃，而且涉及敲诈勒索。他们表示失窃物附近的监视器显示那晚曾有两个鬼鬼祟祟的蒙面男人带着一架梯子经过那一带，警方正在尝试用特殊手段锁定这两个人。

然而，两周过后案件调查仍毫无进展。曾有一些公众一度猜测此案为莱布尼茨公司的自我炒作行为。莱布尼茨饼干公司对此也挺烦恼，如果此事不解决，这个黑锅他们公司就背定了。

正当人们对这起案件一头雾水的时候，窃贼“饼干怪兽”在沉默了两周后终于向莱布尼茨饼干公司发出信件，表示将马上还回镀金饼干。果然，2月5日这天早上，警方在汉诺威莱布尼茨大学门前的青铜马脖子上发现了那块被盗走的镀金饼干。得知消息后人们纷纷高兴地奔走相告。而莱布尼茨饼干公司也信守承诺，果断向各家慈善机构如数捐赠了52 000包其著名的黄油饼干。

让人意想不到的是，2013年2月15日两名“饼干怪兽”窃贼身着蓝色怪物服装，却现身某电视台，面对摄像镜头，他们向观众讲述了案件经过并郑重地道歉。他们说道，其实大家都应该感到高兴，因为这起案件中涉及的所有人全部都是赢家，饼干公司赢得的是信誉，受捐赠的机关赢得的是爱心，而我们赢得的是宽容，所以这是一场慈善的“盗窃”，我们请求莱布尼茨公司不要责怪。

最终两名窃贼的行为被大众所原谅，尽管他们的做法不对，但其出发点是好的，因为慈善是每个人所应具有的高尚行为，慈善应该种在每个人的心里。

让雪花带去我的思念

龙玉纯

北风裹着毛毛的雨丝，像幽灵一样游荡于灰茫茫的天空与一派萧条的田地之间，偶尔有颗冰粒儿愤怒地撕破雨网射向地面，一滚两滚之后又转瞬即逝。老天爷的情绪总是阴沉沉的，灰着脸儿注视着它所面对的一切，向人们宣告着它才是冬天的主宰。

难道又是一个无雪的冬？

冬天不下雪不知道老天爷是否感到遗憾，在我眼里不是漫山遍野的白色、没有雪花纷飞的冬天，就像看到一个高雅漂亮的女孩突然从坤包里摸出一支烟来旁若无人地叼在猩红的嘴上吸一样别扭。我的家乡自从我出生一直到我离开每年冬天都下雪，而且下得很大很大，特别是春节前，雪大得有时连我那发誓死也要死在山上的猎手爷爷也不好出门，只好百无聊赖地和他的孙子们玩扫开雪用谷子诱来麻雀用篾箩罩的游戏。爷爷不吃麻雀也不用猎枪打麻雀，他说麻雀是山神派来吃虫子的，虽然有时麻雀也偷吃地里的谷子，但猎手吃了麻雀，猎枪打了麻雀，山神爷一不高兴便叫他再也打不着野物了，因小失大不是爷爷的性格，也不是一个正直猎人的所作所为。

近朱者赤，我小时候也非常喜爱打猎。为了达到让爷爷同意带我去打猎的目的，我和爷爷的宠物——猎狗的关系几乎发展到了亲如兄弟的程度。爷爷见我如此亲近和爱护他的猎狗，终于在一个冬天的某一天破例说服了奶奶，让我帮他提着盛火药的牛角去山里打野兔。那天之前刚好下过一场小雪，山里的雪地上不时可以看到一些我不知道的野兽的脚印，每看到一行脚印，爷爷便指点着并滔滔不绝地给我讲他那让我佩服不已的“猎经”。为

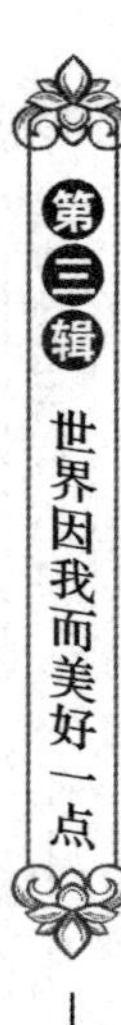

了我的安全和不影响他的命中率，爷爷总是要我跟他保持距离。山上北风呼啸，我那套在棉衣外的有些大的罩衣随风猎猎飘扬。

那天爷爷一直打到他自己说饿了的时候才返回。我始终一蹦一跳地顶着风跟在他后面，没有说过半句冷。爷爷很高兴打了八只大野兔，他说“八”是个吉利的数字，回家后可以去卖个好价钱，给我买件新衣服让我过个高兴年。我没说话悄悄地从外衣口袋里掏出早上奶奶偷偷塞给我的一个熟地瓜，变戏法似的跑到爷爷面前拿了出来，爷爷笑呵呵地看了看地瓜又瞧了瞧我，问：“你饿吗？”我摇了摇头。“就算爷爷沾你一点光嘛。”于是一个地瓜我一半爷爷一半，皮归猎狗，一路欢乐。

记得就是那次打猎回来以后，九岁还不到的我便再也不到奶奶怀里撒娇了，虽然妈妈不在身边，爸爸在外忙工作。爷爷夸我是个小男子汉，将来长大后可以接过他手中的猎枪，爷爷这句话让我高兴得连续三天晚上都做着一个同样的梦：一个威武的年轻猎手顶风冒雪扛着乌亮的猎枪大步走在雪峰山的山梁上。联想到今天我穿着绿色的军装安心站岗，不能不说基础就是从那时打下的。

今年春节一过爷爷就九十有五了。记得几年前我还在南京上大学时，曾经每年放假都回老家去看望他老人家，那时他还经常下地干活，身子骨很硬朗，几年后的今天他的身体又怎样了呢？前天收到老家的来信，信里说爷爷近来有点小病，不过还能出门走动。信里还说近来老家变化太大了：旧时的茅屋今日都变成了楼房，过去的穷山沟变成了现在的风景旅游点，就连当时村里最穷的贺老二家今年仅烟叶一项就收入上万元……一切都变了，变好了，变富了。还说爷爷经常念叨着我的乳名非常想我，说我从小就男子汉味儿十足，是块拿枪当兵的料，希望我今年能回去过一个春节，看望爷爷，顺便也看看旧貌换新颜的老家。

几次探亲假都因事忙未成行，心里很遗憾。有什么办法呢，自古军人忠孝难两全。记得我第一次穿着军装回老家时，爷爷就如此教导我：“纯伢子，保家卫国责任重呀，当兵好！到了部队就不要老想家，太恋家的人没出息

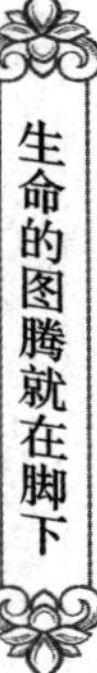

……”但愿这次春节又不能回去看望他老人家的我能得到他的谅解。

窗外的毛毛雨还在随着北风悠悠飘荡，我的思念如同春天的竹笋，正在不顾一切地恣意生长……我在默默地祈祷：老天爷，请你普降一场瑞雪吧！不要太小，也不要太大，最好能医治我爷爷的小病，能解除我那如雪般思念的痛苦。

小山的四季

钟 灵

出家门不远，有一座小山。它有久远的历史，古城堡雕塑了它的身世，威名远扬。我爱它屹立不倒的雄姿，爱它阶梯相连、跌宕多姿的面貌，爱它遍山丰茂的绿色、四季不衰的情思，更爱它偏安一隅的从容儒雅和源源不断奉献的生机。

我不羡慕远方的名山大川，却由衷赞美家门口的这座小山。对它越了解，我越爱恋它。我没有付出任何经营，它却成为我的后花园。

冬天里的“蝴蝶”

我在山上有了新发现，欢欣不已！

寒瑟的冬天，难得有这样温煦的时光。我信步爬上山来到了山顶。农家院里开着月季和菊花，月季粉红，菊花艳黄；门口新铺了细碎的泥土，深褐色的；花花绿绿的衣服晾在半空随风摇晃，屋檐下吊着一串串的香肠、腊肉，却见不到一个人。

脚步带着风的气息，我找了一个有很多枯枝的地方坐下来，背对着太阳，享受阳光浴。不远处细软的啁啾声吸引了我。那是一片还稚嫩的枇杷树林。四五年前，人们种了很多树苗，小树成林，果树苗并未移栽他处，因而林子显得格外密。除了欣欣向荣的光景，林子里似乎并不见什么鸟，——只有许多“白蝴蝶”在树之间飞舞。

不对，那些“白蝴蝶”不是真蝴蝶，而是很多很多体型微小的鸟儿——莫

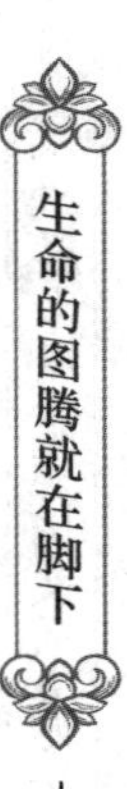

非它们就是传说中的“蜂鸟”?!难道它们从南美洲来?!我仔细地打量着它们,却只能看清它们腹部的羽毛是白色的,娇小玲珑,飞动起来忽闪忽闪的,真的像蝴蝶翩翩。瞧它们多么快乐!无拘无束,不时地在林间飞舞,忽儿又成群结队地飞到另一处枇杷林去了。

清冷的冬天,耳畔响起它们活泼的叫声,看见它们在树荫间制造着活动的光影,真是件愉快的事。

夏　天

盛夏时节,山上越发秀丽,树木和其他植物都葱茏蓬勃,夹道簇拥,将暑热、喧闹隔绝于外。虫鸣鸟叫,浑然天趣,让人怡然忘忧。接受光波、声波的按摩,身心沉浸在绿意与和谐的天籁里,随脚步深入山中而觉渐入佳境。一尺余的道路已被来往踏山的人踩得烂熟,脚下不带起泥土,只带起潮润和沁凉。在漫步中修炼,体味“无即是有”“道法自然”之妙。当走上那装饰有灰色铁栏杆的曲折回廊,我在心里只觉得千遍万遍的满意、千倍万倍的满足。

小路曲折蛇行,由石阶构成“步步高升”的意境。双腿重复地伸曲、踏步,热能的支出释放着身体里累积的那些疲乏、厌倦、沉闷、压抑,蕴藏在躯体里的生机冲出汗腺,撑大了毛孔,这座结构复杂的“城堡”也逐渐复活了——生出了许多的感觉,触觉、听觉都更灵敏了,没有比天然的植物芳香更适合于双肺了。伸个懒腰,血液冲上脑顶,指尖神经末梢也传递着能量,看身旁那些树干枝叶多舒展自由!探头向西望:大片的工厂置身脚下,秀水逶迤的路桥在前方;向东望,正是光芒万丈的长江。长江大桥,南岸山脉成就了它的剪影。若正有轮船驶过,水阔潮涌的港湾更显生机。抬头望正前方:“天子”古城堡披绿叠翠巍然屹立。曲折攀缘的这段路被人们称作“鹅公颈”——真是形象极了!若在大雾弥漫的天气里登山,脚下草色覆盖,两侧枝杈忽高忽矮,山路更觉细长幽深。以我当下乘绿飞翔的悠然自得,忽然发现小山也变得更加灵动了:这细细长长的山路和那山头雄壮的古城堡的叠

加,此时的“天子城”像不像一只大大的绿蜻蜓振翅欲飞呢?

经过古城门,城头上“天生城”三个字古朴隽秀,右边石崖上小石龛的刻字已模糊难辨。爬上城头,两棵黄桷古树苍龙虬枝,迎风而立。天生城建于南宋,相传三国时刘备曾在此安营扎寨、屯兵守城,因而也被称为“天子城”。岁月更迭,多少战事都已湮灭,剩下这两株古树还在值守城门。右边的一棵,其“身份牌”上写着:“保护古树 1578”,树根下尚有半截香烛余烟袅袅,树身上挂满了人们送上的“红腰带”,不知哪一对情侣还在树上悄悄挂了一对锁儿……

这个时节,山上李子树刚刚挂了青果,桃树上还不见果实的踪影。我去寻找去年看见的那排青葫芦,可惜今年主人家已经放弃种植。院子里树上的柑橘已茶杯口大小了,周围全种了玉米,密密青纱帐,地形都快分不清楚了。

山上住有二十多户人家。农舍边的池塘蓄了半池水,酽酽的,荷担而过的居民说:“山上安了自来水管,这池里的水洗衣都觉得脏了。”不过,2008 年重庆大旱,这口塘一直没有干,天子城上靠它的养护渡过了难关。

山水兼程

时令不同,景色并非想象中的一成不变。去年冬天在山顶枇杷林里发现了一群小小鸟,今年再不见踪影。草丛都枯萎了,农人的庄稼绿得玉一般逼眼,可到底有一丝萧条。小鸟儿不见了,我孤家寡人似的有些落寞。天边现出一线亮光,那是难得的冬日里努力迸发的温暖。流连在下山的路上,菊花还是那么艳丽。路边红叶挺立在枝头,似最美的诗笺。

也不过是四点光景,兴致很浓,腿脚、身心都绷了股劲儿似的——走中门下,走到城里闹市再赶车。

从中门下去是一条林荫道,很久没有走这段路了。天子城虽是一座小山,却是素不缺风姿的。前、后、中三个门,通向不同的地方。以前常常从前

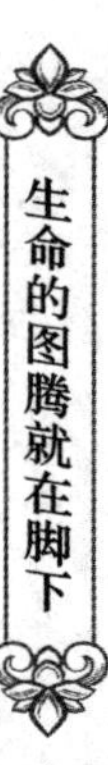

寨门爬上山，从中寨门下山，寨门口夏天风呼啦啦地吹，老门洞里特别凉快；冬天上山晒太阳，俯瞰全城，望长江，从没有厌倦的时候。后来工作忙碌起来，一起爬山的年少伙伴也都流云星散。不知他们现在在哪里？过着怎样的生活？是否还像从前那样快乐？

这一走可不打紧，上了流水大桥。虽是车水马龙，空气却不大好，街面也有些凌乱，城市的改造、扩建在继续——走过去可不正是石宝大桥？石宝大桥是滨江路的邻居。多日不见，怎可近在楼台不观水？于是又上了新万安大桥，又上了和平广场立交桥。来到了和平广场，一定要看长江的了，近在咫尺呀。就这么着，沿北滨路，赏一赏新近栽种完毕的银杏树林，直走到西山钟楼！经西山公园侧旁，又到了王牌路。这繁荣的商业区，可不就在三峡学院脚下，不就相隔一坡石梯子路？不出十分钟呀！

我浑身冒汗，全身湿透，不惜把自己当“力夫”。十几年前，求学期间，我做了电台的客座主持人。我常常在学校和单位之间往返，从老县城出发穿越全城。有时做完当天的节目，时间晚了，错过返回学校的车，就只好徒步返回学校赶夜自习。记得有一次录音时操作不当，放片机一下子把那盘刚刚录制好的磁带“咬”住了，黑色的胶带瞬间扭结成一团麻(那时用的还是老式的唱片式录音带)。看着外面天已擦黑，我一个人在播音室里心急如焚，一边默默哭着，一边耐着性子慢慢解开那些胶带，再仔细地把接头结好，重新放好。第二天没有听说有播出事故，我悬着的心才放下来，暗自庆幸。那天是回去最晚的一次。辗转两趟车的路程，再从那片满是坟堆的山坡上爬上去就是学校了。天好黑啊！不知自己从哪里来的勇气一个人走完了全程……今天算是忆旧之旅吧。何妨用双脚丈量一下十余年来的心路历程。

这座城市不知不觉在我眼里嬗变，更生，复兴。现如今到处琳琅满目，变化是多么惊人！原先的易家庄、和平路、二马路、驷马桥……早已消逝水底，一座现代化新城、湖城盛装登场。伴随“三峡工程”震耳欲聋的战鼓声，人们在感情复杂的泪水中摧毁了一座历史文化古城的旧貌，在满怀憧憬中实现了“三峡库区明珠”“世界移民之都”的再造。穿越山山水水，自己也已经成为这座城市的主人、建设者了,当年那个苦求生存、不畏路途遥遥,甚至在暮色笼罩下穿越乱石坟堆的孤胆侠女,现如今已能掌握自己的命运了。十余年来,一直在追梦,一直脚步不停歇地向前、向前,相比从前的稚嫩、匆忙,现在底气充足了许多,内心成熟了许多,除了赶路,更有欣赏身边景色的从容了。可是,前方总是不确定的、未知的。我的眼睛一定与十几年前有那么一些相似之处:对前方的张望,对希望的眺望……

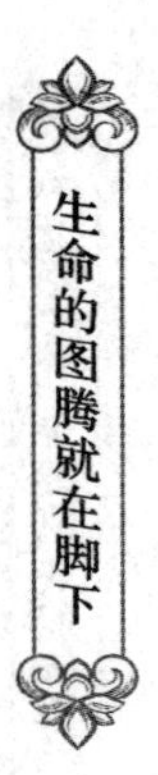

真情在线

朱道能

那天下午，我坐在移动大厅的沙发上，等待办理业务。看到一位满头银发的老人在柜台前徘徊着，一副欲言又止状。这时一位导购小姐走过去，柔声地问："请问，您需要办理什么业务吗？"老人似乎有些耳背，她侧着耳朵，疑惑地问："你是问我吗？"于是导购小姐又提高音量，重复了一遍。老人说："是呀，姑娘，我想给手机换个号码可以吗？"导购小姐热情地回答："可以啊。您老先在沙发上坐会儿。我给您取个号，再排队办理。"老人在我旁边坐下后，导购小姐送来一张排号纸条。

这时老人也从身上摸出一张纸条，问："姑娘，我想换这个号码，你看行吗？"

小姐接过纸条，老人就一直盯着看她的表情，当看到小姐抱歉的笑时，老人便是一脸的失望。

小姐又安慰道："不过，等会儿你可以到柜台再咨询一下……"

我有些好奇，和老人打个招呼后，就拿过纸条一看：15719610720。我越发好奇了，就问："这又不是什么吉祥号，您为什么非要换这个号码呢？"

老人笑眯眯地回答："这是我儿子的生日哩。"

我仔细一看，果然是：1961 年 7 月 20 日。

老人虽然耳背，却很健谈。她自豪地告诉我，他们就这一个儿子，又聪明又孝顺，名牌大学毕业后留在上海一家大公司工作。

半年前，老头突然中风了。命虽然捡了回来，但落下了后遗症。于是每天都在小区附近拄着拐杖走路锻炼。而老婆婆要不时去菜场、去超市购物，

自然不能步步都跟着。

于是,两位老人都彼此担心和牵挂着:老婆婆怕老头腿脚不灵便走路摔着磕着了,老头怕老婆婆耳背出门被车子撞着挂着了。

儿子要接老人去身边照顾。可老人们却怕给儿子增加负担,影响了工作,说什么也不肯去。后来儿子只好给两位老人每人买部手机,这样他可以及时打电话回来问候,又方便两位老人外出时彼此问个信报个安。

有一天,老婆婆买菜回来,遇到一个多年没见的老街坊。俩人就站在街头亲亲热热地聊了起来,全然忘记了时间。

这边的老头着急了,在小区的门口,看了又看,瞄了又瞄,还是不见老婆婆的影儿。本来就有点老年痴呆,这下光着急就忘记打电话了。等想起来了拿出手机,反复地按着一组号码,却怎么也打不通。一着急老头就全身哆嗦,满脸涨红……幸亏小区的保安发现及时,连忙扶老头坐下,又从手机中找出老婆婆的号码……

后来,老头告诉老婆婆,当时自己的大脑一片空白,但是一组数字却异常清晰:19610720。于是,他就一遍遍地拨打这组刻骨铭心的“号码”……

老婆婆说,老头中午吃过药后,现在正在午睡。她就趁这工夫,过来问问,看能不能把自己的手机号码换成老头永远不会忘记的数字——儿子的生日。

我有些担心地问:“在你儿子生日前,又加了3位数字,老人会记住吗?”

老婆婆笑了,说:“小伙子,我给你念一遍,你就明白了——要我妻(157)196107……”

正说着,老人一直拿在手中的手机响了,“是老头的电话……”老人说着就按下了手机的扬声器。

我听到一个焦急而又有点含糊的声音传了过来:“你……你又去哪儿……哪儿了啊?”

老人大声地回答:“你醒了啊老头子?我出来办点事,别担心,好着哩!”

“你回来小……小心点啊,从马路边上走……”

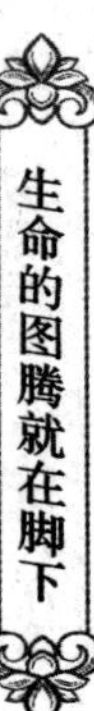

“我知道了,老头子。听我说啊,你就在床上多靠会儿,别急着下床。我马上就回去啊!”

望着老人远去的背影,我心头一动,于是便掏出手机,说:“妈,您和我爸还好吗?晚上我过去看你们哈……”

霞光是太阳开出的花

朱成玉

一个春天，阳光普照，鸟啭莺啼，百花盛开，每一处都让人流连，但这一切，和一个人无关。因为她是一个盲人女孩，从出生的那一刻开始，上帝就在她和世界之间关上了一扇重重的铁门。她在里面，阳光在外面。

她多想有一双机灵活泼的眼睛，闪烁着去捕捉一个个美好的镜头，然后拿到心头去冲洗、复印，再存放到人生的相簿里，慢慢回味。然而这一切，都只是永远无法实现的奢望，她没有看过一眼这个世界。

但是既然来到了这个世界，就不能总是背着身子哭泣。母亲说，虽然没有眼睛，你还有一双手，可以触摸世界。

是的，她有一双美丽的修长的手。

母亲为她描述世界的样子，阳光、风、水、云朵、落叶……于是，她就把所有能触摸到的火热的事物都称为阳光，把所有能触摸到的冰凉的事物都称为水，当风从她的指缝间慢慢划过，她感受到了温柔的力量，她会沉醉，感叹世界的美好。

一只毛毛狗伏在她的脚边，她会说：哦，多可爱的云朵。

她握着手里厚厚的广告传单，说：这么多的落叶。

她微笑着，小心碰触着她的世界，缓缓地移动脚步。

人们说：这孩子的脸，像霞光一样灿烂。她便把霞光当成了世界上最美丽的事物，珍藏在心底。

她问母亲，霞光是什么？母亲说，是太阳开了花。

母亲领她去听一个音乐会，在那里，她喜欢上了钢琴。母亲领她去见一

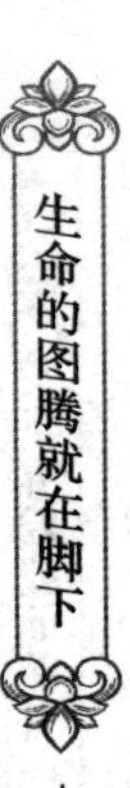

位钢琴教师,那教师说,多好的一双手,天生就该用来抚摸琴键。

与钢琴的邂逅,让她的人生有了精彩的翅膀。当她碰到那琴键,便听到了那些音符蹦跳着跑出来,那一跃一跃的跳动,忽高忽低,像她澎湃的心。

她惊讶地发现,整个世界都在琴键上呢。天空、海洋、更迭的四季,还包括那令人神往的霞光。

母亲卖掉了大房子,新买来的小房子里有些空荡荡,却多了一架钢琴。母亲把自己的生活拆得七零八落,却把世界完整地搬到了她的面前。

邻居们找上门来,说这嘈杂的琴声扰得他们无法休息。母亲不停地给邻居们赔着不是,她的心开始动摇了,她不想因为自己杂乱的琴声扰了别人。

母亲说,上帝为每个人都安装了灵魂,那些灵魂分布在人身体的不同角落。你很特别,上帝把你的灵魂装到了指尖上,你的手指天生就该是用来弹琴的。

母亲挨家挨户地去解释,告诉他们,她是一个看不见世界的人,正在摸索着用琴声走路。邻居们的心都软了。

她的琴声渐渐有了韵律,不再那样嘈杂,当那美妙的琴声响起,所有的人都知道,她又在和世界说话了。

有一天,母亲兴奋地对她说,邻居们在小区广场搭了个台子,想请她开一个演奏会。她不敢相信这个事实。那一夜,她无法安睡,飘荡在眼前的,都是幸福的花瓣和快乐的羽毛。

坐在钢琴旁,她像一个天使,脸上霞光灿烂。她优雅地弹琴,用她美丽的指尖指挥着那些快乐的音符,那些蹦蹦跳跳的音符马上变成了动听的旋律,盘旋在人们的耳畔。她惊讶自己的双手,如同附了神奇的魔力一般,在琴键上流畅自如,得心应手。

她想母亲说的或许是对的,上帝把她的灵魂装到了手指尖上。透过琴声,她向世界撒着大把大把的鲜花。人们不停地拍着手,那潮水般的掌声将她摆渡到幸福的渡口。

母亲哭了，她终于为自己的女儿找回了她的世界：阳光普照，鸟啭莺啼，百花盛开……

母亲拿着毛巾去擦拭她脸上的汗水，她紧紧握住了母亲的手，她对母亲说，她终于看到了霞光。

她说，霞光是自己的心开了花。

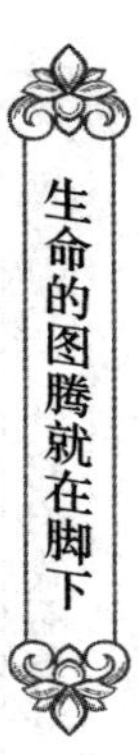

爱上那轮明月

闭　月

很小的时候就特别喜欢看天上的月亮，对那轮皎洁明丽或阴或明或缺或圆的东西，总是充满了无限的好奇和向往。经常在有月的晚上对着它久久地凝望，静静地欣赏。在欣赏的同时也不断地冥思苦想，是谁把这么美的玉盘挂到了天空之上？它的里面究竟装的是什么东西？是什么东西才能使它这样流金泄玉清辉万丈？无依无傍的它是否能够掉下来落到地上？如果能，我一定要好好地看一看它的模样。然后，就经常缠着老人们给我讲关于月亮的神话传说，和它为什么会有时有时无、时圆时缺这种自然现象。于是，月宫里美丽脱俗的嫦娥、乖巧伶俐的玉兔、伐桂捧酒的吴刚……都在我幼小的心灵里面留下了永不磨灭的印象。那时候的我就时常梦想——有朝一日自己能变成美丽的嫦娥，广袖轻舒，裙裾飞扬，浮云直上地奔一回月亮。到那时我就可以在每一个静谧的晚上，怀里抱着玉兔，饱览人间的美景，俯瞰世事的沧桑。如果真的能够那样，即使冷清寂寞点又有何妨？那种欲飞欲仙的感觉，常常让我欣喜若狂，就这样我在这个美丽的梦想里，虚掷着我那天真烂漫的童年时光，它点缀着我的旧梦，温馨着我的心房，伴随着我幸福地生活，快乐地成长。

长大了以后我就离开了故乡，但嫦娥奔月的梦想仍然没变。不是吗？如果我真的能够变成嫦娥奔上了月亮，我就可以经常看见我日夜思念的亲人和魂牵梦萦的故乡；我就不必在这里任凭那思念的泪水，淋湿每一个孤独寂寞的晚上；更不必任凭这种刻骨铭心的思乡情愁来憔悴我的容颜、痛损我的柔肠。其实自从告别了父母离开了家乡，我就已经和寂寞的嫦娥没有什么两样了，朝朝暮暮地独守着一份冷清和孤寂、惆怅与凄凉，一任悠悠的岁月在自己的身边悄悄地流淌。殊不知在这条岁月的长河里，流淌着的只是痛苦和无奈、寂寞和悲凉，抑或还有许多美丽的憧憬和梦想。尽管梦想终究是梦想，且会因梦想被冷酷的现实取代而悲伤，但是我仍然爱着梦想，梦想是无垠的宽广，亦如一片蓝色的海洋，无垠的梦里闪烁着我无垠的欢畅。我终日在这个无垠的美梦里尽情徜徉，毫无疑问我已经爱上了这轮皎洁清丽、亘古如一的月亮。

爱月亮，爱等待，爱凝望，爱欣赏。爱月亮是因为它能够传递我和亲人间的思念之情，聚焦我和亲人之间相互关注的目光；爱等待，等待着月亮缓缓东上、渐渐圆满、慢慢明朗，我仿佛已经看到了重逢的希望，又回到了那些曾经团圆的时光；爱凝望，凝望着月光如水、月辉似霜，感受着月与影的相伴相随，人与月的相互观赏，会使我感到不再寂寞、不再迷茫；爱欣赏，欣赏这轮皎洁明丽的月亮，就像欣赏着由悠悠岁月执劲笔、由茫茫宇宙铺纸，饱蘸着沧海桑田的墨浪，写出的一篇篇雄健峭拔、清新隽永的诗章，每一次捧读都能让人心潮澎湃、激情荡漾。这轮明月对于我来说，简直就是一个极具诱惑力的女妖，如果有云梯我会毫不犹豫地攀缘而上。那种万里碧空揽明月，千秋银河逐星浪的感觉总能让我如痴似狂。

我不知道，月亮是否知道我爱它爱得如此痴狂；也不知道，它是否会因为我的爱而改变些许现状；更不知道，我在这种久久的等待、远远的凝望、静静的欣赏中，度过了生命中多少个孤独寂寞的晚上。我只知道，只有这样久久的等待、远远的凝望、静静的欣赏，才能寄托我刻骨铭心的思乡之情，才能排解我的寂寞忧伤，才能宣泄我的痛苦悲凉；我只知道，爱月、等月、望月、赏月，它能让我感到生活充实、记忆闪光。月亮那溶溶的辉、淡淡的华、皎皎的光，还有它的甜柔宁静、它的清澈明朗，无不遥遥地赋予我以极大力量的快乐与安慰、憧憬和遐想。

爱月亮，更爱家乡的月亮。大千世界，人海茫茫，我们每个人的经历都不会一样。如果说有一样，那就是我们对幸福生活的共同追求和渴望，还有

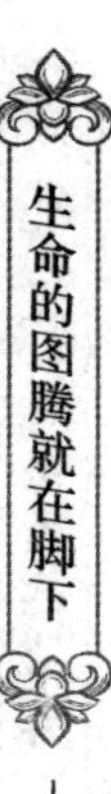

我们共同生存着的这片土地，共同沐浴着的日月之光，共同谱写的世事沧桑和生命乐章。其实现实生活赋予我们更多的是艰辛、等待、苦恼和忧伤。就像席慕蓉诗里所写的那样："在长长的一生里，为什么，欢乐总是乍现就凋零，走得最急的都是最美的时光。"每每仰望着天上的月亮，我都在想，只要这轮清澈皎洁的月亮还能够传达我们彼此的情思，还能聚焦我们彼此牵挂的目光；只要我们都能够奋斗追求在这个世上；只要我们都能够幸福健康地享受着月光：即使我们素不相识，永不谋面又有何妨？

"但愿人长久，千里共婵娟"这一深情祝愿，它将是我们人类永远不变的美好愿望！

第四辑

别把春天藏在心底

别把春天藏在心底，让春天的阳光洋溢到脸上，才会温暖别人的目光；让春天的花朵在行动中绽放，才会芬芳别人的心房。

别把春天藏在心底

王继颖

我家的书房和阴面的阳台间隔着一道推拉门,因为冬日寒冷,这道门一直关着。春节前,我进入阳台搞卫生,随手推上了这道门。伴着一声金属的脆响,我的心“咯噔”一下:推拉门自动上锁了,锁扣在书房那一面,我被关在了阳台上!此时,家里没有其他人在,我只穿着一身保暖内衣,被冰冷的玻璃和瓷砖困在这狭小的空间内。阳台上没有地暖,寒意从脚下顺着血液往上升,瞬时就凉彻了心底。

我家住在五楼,跳窗出去,不可能;想打电话给家人,可手机又在卧室里;读大学的女儿还没有放假,爱人在异地工作,纵然是心有灵犀,父女俩也料不到我此刻被关在了阳台上。等到他们回来,太迟了。庆幸的是,同住在一栋楼的公婆有我们房门的钥匙。我们住在二单元,他们住在四单元。我隔着玻璃向窗下望去,院子里不见他们的身影。但我看到了院子里有另外两个“熟悉的陌生人”,一个是常推着轮椅锻炼的老太太,一个是护在老人旁边的中年女人。说熟悉,是因为她们住在三单元,与我是邻居,经常在楼下见面;说陌生,是因为搬到这小区一年多了,低头不见抬头见,却从未与她们搭过话,偶尔相遇,无意间交汇到一起的眼神也会瞬时避开,我不曾主动开口,连个灿烂的微笑也不曾抛出,这两个女人也便面容平静、神情淡漠。

楼下的甬路上,老太太推着轮椅慢慢地挪,中年女人在老人身边呵护着。我望了她们一会儿,迟迟不好意思开口,真希望公婆尽快从楼道里走出来。可是,过了一会儿,又过了一会儿,还是不见他们的身影。因为寒冷,我的手脚已开始僵了,如果再不求助,两个女人进了楼,或许半天也见不到一

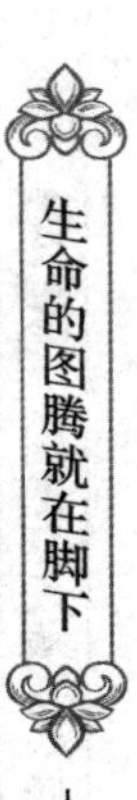

个人影。真后悔平日里没有主动和她们熟悉起来,真担心随着我的叫声,仰向我的依然是既熟悉又陌生的淡漠的脸。我拉开一扇窗,屋外的寒气顿时灌进来,我打了个寒战。

“大姐——”我寒冷的呼唤声带着颤音。怕老人耳朵不好,我试探着喊中年女人。一声喊下去,楼下没有回应。我把嗓门稍微抬高些,再喊一声,还是没有动静。人家平时根本没听我说过话,不熟悉我的声音,很正常啊。“大姐——”我的第三声呼唤明显地带着焦急。这一次,中年女人停下脚步,仰起头,看到了我,有些诧异地问:“叫我吗?”我赶紧再喊一声“大姐”,说出遇到的麻烦,请她到四单元门外按响公婆的对讲机,让他们拿钥匙来开门。

中年女人脸上露出善意的笑容:“穿这么点儿啊,你先关上窗户,我马上就去!”平素动作缓慢的她快速向四单元跑去。她在四单元门外停留了好大一会儿,才又快步回来。我赶紧拉开窗,她又微笑着开口了:“我按了半天门铃,里面没反应,是不是老人不在家?”我望向对着四单元的车棚,公婆的三轮车果然不在。“大姐,谢谢你了。他们的三轮车不在下面,大概出去了。您快去陪阿姨吧,我等他们回来。”中年女人关切地说:“我把我妈送回屋,马上出来。”她护着老太太挪到三单元门外,开门时,又扭头望向我:“快关上窗户,别感冒了!”

很快,中年女人从楼内出来了,站在楼下,一会儿望望我,一会儿望望通往小区大门的路。我有些不忍,再次打开窗:“大姐,外面冷,您回家做事吧。我在窗子里望着他们就好!”“我不冷,家里也没什么活儿。别总开窗子,你穿得太少了!”

那天,这位我们平素没有交往的大姐,终于陪着我等回了我的公婆,并焦急地和他们说明了我的麻烦,才冲我挥挥手走回楼里。在三九天冰冷的阳台上,我分明感到了春天的温暖。

从那天起,我才和这位常见面的大姐真正熟悉起来,见了面,彼此笑容灿烂,目光柔软。她在屋内做饭,我也曾护着老太太按响她家的对讲机,等她春风满面地迎出来。从此,我与别的邻居间,也常常笑语相迎,互助互帮。

原来，我们并不是冷面相对、目光躲闪的陌生邻居，我们都有“春天”的品质。别把春天藏在心底，让春天的阳光洋溢到脸上，才会温暖别人的目光；让春天的花朵在行动中绽放，才会芬芳别人的心房。

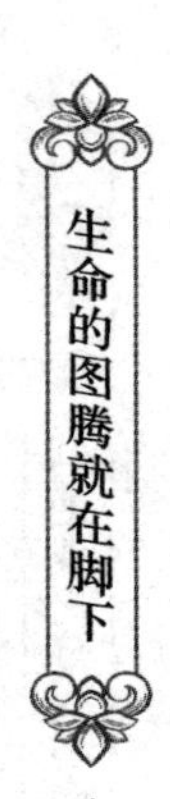

弟，你是姐今生永远的挚爱

苏 洁

一

他来到我家那年，他五岁，我十岁。

当妈妈第一眼看到他时，像根木桩一样完全呆住了，脸上的表情瞬间变得很复杂。我不知道妈妈怎么了，而爸爸却奇怪地让我管他叫弟弟，我对此挺不理解。

他来到的那天夜晚，我无意中听见了父母的争吵，我这才知晓他的身世，原来他是爸爸同外面情人生下的孩子，这样的结果简直让我目瞪口呆。

因为他的妈妈陷入了一场经济案而入狱服刑，就这样，五岁的他才被爸爸接回了家。

这些年，妈妈对于爸爸的出轨早就有所耳闻，但为了我能幸福和健康地成长，善良的妈妈一直在忍辱负重。

我在心里简直恨透了爸爸，连带着都觉得他也是那么可恶。

我不明白，他明明是爸爸背叛妈妈情感上的孽缘，可妈妈为什么对他那么好！还给他买了许多好吃的，好穿的。

说实在的我有些嫉妒他。每当我向妈妈吐露心中的不满时，她总是反过来开导我："妈妈认命了，他是你弟弟，也算是妈妈的孩子，哪个妈妈不疼爱自己的孩子呢。"我对母亲的这个说词完全不屑一顾。

二

没有想到他的到来带给我们家的不是幸福，而是灾难。

在他七岁那年，在家人不知情的情况下他和几个小伙伴一起跑到山上抓蚂蚱，结果，顽皮好动的他和小伙伴走散了。

当妈妈得知他走丢的消息后，慌了，非要一个人去山上寻找他。我却有些幸灾乐祸，索性对妈妈说："反正他也不是你的孩子，丢了更好。"没想到我的话音刚落，妈妈却抬手给了我一记响亮的耳光。这让我们母女当时都呆愣住了，片刻，妈妈拉着我的手说："对不起，妈妈打你，是要你记住，人要有一颗宽容和善良的心。如果连这都做不到，他就不配活在这个世上。"然后她不顾自己虚弱的身体，慌慌张张地一个人跑到大山里去找他。

还好，在夜幕完全降临时，妈妈终于在山里的一棵大槐树下发现了脸蛋上还挂着泪珠的他。

可谁知就在妈妈吃力地背着他下山时，突然一脚踏空，他们俩一起滚落到了山崖下。我坚毅善良的妈妈始终用自己身体紧紧地护着他。他没怎么样，可妈妈因为伤及内脏而去了另一个世界。

我对突然发生的这场变故伤心欲绝。

三

他以前并不丑，相反却是个漂亮的小男孩。他之所以后来变丑，完全和我有关。

妈妈走了以后，我在心底里对他的仇恨与日俱增。我决定想办法给他点颜色瞧瞧。

我知道他特别爱吃杧果。那天，我当着他的面故意把杧果放在高高的柜子上。按照我的设计，个子矮矮的他会因为取杧果从高高的凳子上摔

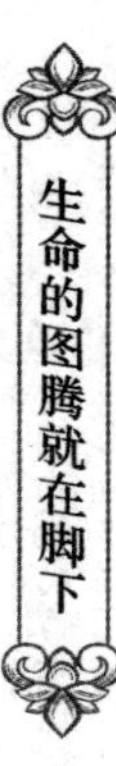

下来。

但事情的发展完全出乎我意料。他因为站立不稳真的从高高的凳子上摔了下来,但同时也打翻了放在柜子旁的暖水瓶。随之一壶滚烫的热水全部倾倒在他漂亮的脸蛋上,他随后发出“啊”的一声惨叫……他也因为这场事故彻底变丑了。

而我更讨厌他了!

他出事后,我拒绝去医院看他。听说他在医院里疼得整日痛哭。我曾经有过深深的不安,但同时也很担忧,害怕他把我的恶行告诉爸爸,那样的话爸爸绝对轻饶不了我。但让我没想到的是,他没有向爸爸提及半句,只说是自己不小心碰倒了暖水瓶。难道他是怕我报复吗?可我却根本没有感到丝毫的内疚。我想这是他欠我的,他有此遭遇完全是“咎由自取”。

偶尔我在无意中看到他脸上狰狞如同蜈蚣一样红肿扭曲的伤疤,我似乎看到的是自己心底的那份丑恶,这让我非常不安,甚至觉得有些对不起他,但这样的念头往往是一闪而过。

四

很快他也上学了。爸爸特别叮嘱我放学后一定要和弟弟一起回家。但当我们出现在校园时,总有好多孩子朝着我们围过来,然后朝着他指指点点,有的干脆大喊,看,这个丑八怪……

因此每天放学后,我总是故意和他拉开一段距离,我警告他,不许走在我前面,否则有他好看。直到快到家门口时,我才停下脚步等他赶上来然后做样子一起进家门。

某天放学后,我在回家的路上遇到外校几个混混。他们突然截住我,话语轻佻,还对我动手动脚 ,我当即慌了,站在那里手足无措。正在我慌乱的时候,瘦小的他居然从后面冲了上来,然后像护仔的母鸡一样展开双臂用身体紧紧地挡在我面前,一脸严肃地说:“不许欺负我姐,否则我去告诉警察。”

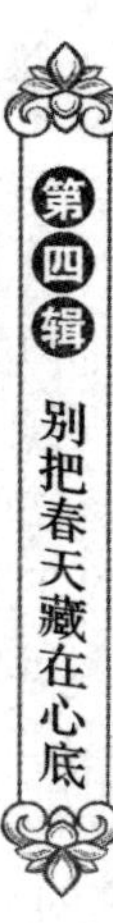

他的话音刚落，就惹出了那些混混嘲弄的笑声。突然他机智地指了下前边的方向，然后大喊了一声："看，警察来了。"就在混混们扭头向后看之际，他在我耳边快速地低语了一句："姐，快跑！"我这才如梦方醒，一转身跑开了。

那天，他被那群混混痛打了一顿。当他满脸挂彩地回家后，我内心里突然生出一种深深的不安，他是为了救我才负伤的。于是我第一次细心地给他上了药，并关切问他："还疼吗？"我发现他的眼圈泛红了，然后咧开嘴角露出了久违的笑容，嘴里嘟囔着："我是男子汉，我要保护姐，这点伤算什么，早就不疼了。"此时，我内心里早已涌出一阵潮水般的感动，任凭眼泪轻轻地溢满眼眶。

原来他也不是那么令人讨厌。

五

上高中后，我的情感开始萌动，悄悄地和社会上一个劣迹斑斑的男孩处上了朋友。说不清是一种什么心理，当时为什么会喜欢这样一个男孩，也许是青春期的叛逆吧。

我没想到爸爸却知道了这件事。他批评我，我不服并顶撞了他，愤怒中爸爸挥手狠狠地给我一记耳光。

我委屈地趴在床上号啕大哭。我想爸爸简直就是个独裁者，他可以在感情上用情不专，而我只不过是青春萌动，凭什么打我！但是，究竟是谁向爸爸泄露了我的秘密呢？对，是他。

某天，爸爸不在家时，我把他狠狠地打了一顿。他没有和我辩解，只是用一双仇恨的眼睛紧紧地注视着我。我越发心虚，然后虚张声势地说："你要是敢把今天的事告诉爸爸，我绝不轻饶你。"

在那以后，他很怕我，我们再也没有言语上的交流。

六

很快,平静的日子匆匆而过。二十三岁时我大学毕业,之后在一家广告公司任职,收入不菲。而这时他也长成了一个健壮的大小伙子。

在这几年当中也发生了不少事,他的妈妈和我们的爸爸都因为突患重病撒手人寰,他在这个世上再也没有亲人了,除了我。

可爸爸走后,我却执意要求和他分开,因为我恨他。

我没有想到,他会那么倔强,没带走家里一分钱,只带走了几件旧的换洗衣裳,就彻底在我眼前消失了。

后来我曾经在一间洗车房里看到过他,他正在奋力地给别人刷洗汽车。他就是靠着给别人打工,赚取微薄的费用养活自己。

可他真的在我身边消失后,为什么我的良心会时常不安?我曾委托人悄悄给他送去几万元钱,可他却拒绝接受,并对委托人说,这些钱拿回去给我姐姐做嫁妆吧,我会自力更生养活自己……

当我听完这些话时,突然我冷漠已久的内心仿佛受到了某种强烈的震动,我的眼角慢慢湿润了。

七

某天深夜,我加班回家。那天的天气很不好,鹅毛般的大雪倾泄而下。这样的鬼天气,整个大街上空荡荡的,这让我越走越有些害怕。

就在我快要走到家里的时候,意想不到的事情发生了。突然从路旁的电线杆后伸出一双有力的大手,一下子紧紧地抱住了我。我吓得魂飞魄散,脑子里一片空白。当那个男人趁机死命地把我往暗处拽,我才想起拼命挣脱大声呼喊。就在我最危险的时候,我没想到他会突然从天而降,并和那个男人展开了搏斗。那个卑鄙的男人眼看着打不过他,于是快速地从口袋里拿出一把刀，狠狠地扎在他的肚子上，一股鲜血猛地喷了出来。我吓呆了。

原来他一直都在悄悄保护着我。

还好，最终从死亡线上救回了他的性命。

八

他因为救我而失去了一颗健康的肾脏，当我决定接他回家时，他却不告而别。

我在他生活的小屋里，找到了一本他的日记。里面记录的竟然是他来到我家以后的点点滴滴……有两段这样写道：

> 我阻止姐处男朋友，而她挨了爸爸的打，这让我看了很心疼，我真想替她挨那巴掌。为什么姐就不明白呢？她和那样的男人怎么会有幸福呢，我一定要想法阻止她。

> ……今天姐派人给我送来了五万元钱，这让我内心深处百感交集，姐，还是关心我的。我没收，拿回去给她做嫁妆吧。姐的幸福，就是我的幸福！

而且，我在日记的最后看见了这样几行被泪水打湿的模糊的文字：

> 姐，原谅我的不辞而别。因为我不想成为你的负担。我走了，但姐别忘了，我们永远姐弟情深……

我鼻子一酸，泪水终于夺眶而出。

我知道他给我的不是爱，而是一生的温暖。

我决定远走天涯也要找到他，然后深情地告诉他：“你是姐今生永远的最爱！”

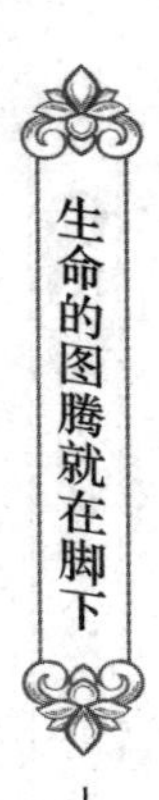

你的“百宝箱”，我的幸福天堂

王继颖

梦中的花和蝴蝶

他懒懒地仰卧在床上，一双枯皱的大手护在胸前，闭着眼打瞌睡。

奶奶说，你爷爷最近总做噩梦，在战场上被别人追。

做噩梦的事，他对我只字不提。他一遍遍对我讲述的梦，是关于花和蝴蝶的，与我有关，带着童话般的浪漫气息。

爸妈结婚后，他就盼星星盼月亮地想抱孙子，九年过去，终于听到妈妈怀孕的好消息。他开始绞尽脑汁给未曾谋面的我起名，龙啊虎啊胜啊，全是男孩儿名。我出生前一天夜里，他却梦到鲜花开满了院子，一只漂亮的大蝴蝶扑着翅膀向他飞来。清晨，他检阅队伍似的摸索着为我准备的那些男孩儿装和刀枪棍棒类的玩具，冲奶奶叨咕，看来咱是孙女命。

奶奶说，你爷爷大半辈子重男轻女，生你前一直是个孙子迷。我一遍遍听那个花与蝴蝶的梦，却听不出半点儿遗憾，他微笑的皱纹和愉快的腔调，传递给我的是骄傲和喜爱。讲到最后他总会补充一句：“你这棵苗苗，从小就出人意料。”

苗苗。在产房，他抱着“出乎意料”的瘦孙女，看着我小豆芽似的身子和满脸的褶皱，顺口给我起了这个“没有创意”的名字。我懂事后，因为名字的事嘟着小嘴嗔怪他，他把一根剥好的火腿肠递到我嘴边，亲一口我胖乎乎的脸蛋解释说：“爷爷是老革命，根正苗红，也希望你像小树苗一样，长得壮

壮的。”

我生下来，忙于事业的爸妈商量着为我找保姆，他坚决不同意，理由很简单：爸爸是独子，妈妈又体弱多病，我这棵瘦弱的独苗实在来之不易，自家人带才放心。奶奶的一条腿瘸得厉害，照看我的重担自然落到他肩上。

旧木箱里的心肝宝贝

他常常走到卧室里的旧木箱前，开了锁，把我的相册拿出来，再放进去。他戴着老花镜，笑眯眯地看我的照片，从几天几月几岁再到十几岁二十岁，相册越来越多，我坐在他身边，看着照片听他解说。

有一张照片的背景，是雄伟庄严的天安门城楼。他蹲在广场上，我搂着他的脖子坐在他腿上。他笑得疲惫，我笑得开心。这张照片的来历有些小小的传奇。

七岁那年初秋，我上了小学，老师指点着挂图上的漂亮建筑领我们读“我爱北京天安门”，回家后我吵着要去天安门。爸妈工作忙，他欣然要带我去。妈妈不放心地阻拦：“爸，您年纪大了，走路不方便，孩子又小，跑来跑去的让人费心。”他听出了妈妈的意思，是怕他把我弄丢。他犹豫了，我却不肯罢休。他请求似的向妈妈保证：“我这辈子，战争年代跑遍了大半个中国，连朝鲜都去过，去北京还不是小意思。多带孩子出去看看也增加阅历。”他真的带我坐火车去北京看了天安门，还在天安门广场花钱请人拍了合影。

已经七十多岁的他一路上步履蹒跚，粗糙的大手紧紧拉着我的小手，一刻也不肯松开。夕阳下，在妈妈焦灼的目光中，他拉着欢蹦乱跳的我归来。回去等这张照片，却迟迟没寄来。直到两个月后，他骑着三轮车带我上街买菜，被一个陌生人认出，这张照片才终能到我们的手上。原来是因为他写地址时把门牌号“35”写成了“53”。看着久违的照片，他终于承认，自己有些糊涂了。

有些糊涂的爷爷，却能清楚地讲出我每张照片背后的故事。颐和园、动

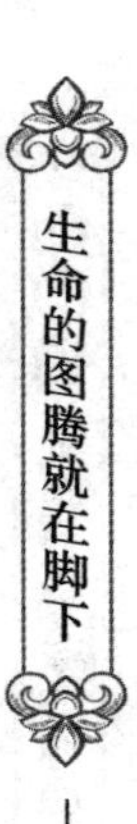

物园、海底世界、科技馆……小城离北京近,他带我去过北京许多我想去的地方,为我留下了难忘的纪念。那些出游的经历,和他现身说法的人生阅历一起,成为我作文时取之不竭的好素材。

奶奶说:“你爷爷这个破木头箱子,是他的心肝宝贝,里面只有他的东西,我和你爸都不敢随便动。”

他是个老兵,参加过解放战争和抗美援朝战争,箱子里他的东西,是一大堆奖章和纪念物,中国的、朝鲜的,不再鲜亮的红黄蓝绿,是他光辉生涯的沧桑见证。他只允许我随便翻弄。

上初中时,学《谁是最可爱的人》,我为了向老师同学炫耀,回家让他翻出他的宝贝要拿到学校去。他眉头也没皱一下,把那些抗美援朝的奖章小心翼翼地挑出来,挂在一块崭新的红布上。那块红布上的奖章,在学校传了好几天,让全校师生开了眼。有一枚奖章被同学弄断了别针,我怕爷爷埋怨回家先抹上了眼泪,他一边抬起布满皱纹的大手擦我的脸,一边不停地安慰我,倒好像他自己做错了事。

奶奶说,就是从我出生后,他在旧木箱里珍藏的,多了相册、玩具、课本和奖状奖证等许多我的东西。

旧房子里到处有我的影子

我和爸妈要搬新家,爷爷执意不肯同去。他笑着摇头,我们还能动,先不拖累你们,再说苗苗上高中更需要安静的环境,我们跟去怕影响她学习。爷爷拍着我的肩膀嘱咐,好好学,长出息,得了奖给爷爷拿回来。

住进新家的第一天晚上,我翻来覆去睡不着。我已经习惯于每天晚上,他一次次走进我的小屋,给我端温水送牛奶催我入睡帮我掖被子关台灯。他努力放轻步子,却还是发出“嚓嚓”的声音。那声音是我的催眠曲。

爸爸说,爷爷奶奶中午晚上也可以看电视了。我好静,从我上小学开始,爷爷就向全家发布了命令,我学习和休息时间,谁也不许开电视。

住惯了新房，再回爷爷家，他的旧房子就有些寒酸。爸妈过意不去，想把爷爷的房子装修一下。爷爷连连摆手，人老了，装修房子有什么用，有钱还是给孩子留着上大学吧。再说，破家值万贯，这房子虽旧，却到处有苗苗留下的影子，我看着，心里痛快。

环视他的旧房子，我才明白，原来我只是人搬了出去，我成长的点点滴滴，全留存在爷爷这里。发黄的墙，下面是我的脏手印和涂鸦的字画，上面粘着或旧或新的花花绿绿，有我不同年龄的放大照，有我喜欢的动画图片，还有我的奖状和我稚拙的十字绣；门框上，是一道道渐渐长高的刻痕——每年生日，爷爷都要让我倚在门框上，用刀子刻下我的身高。面积本就不大的房子，客厅、卧室甚至厨房厕所都挤着与我有关的东西：我睡过的摇床和襁褓，我骑过的小车子，我穿小的衣服鞋子，我读破的书本，我叠出的纸鹤，我送爷爷的小礼物……就连旧房子院里的兔笼鸡舍，花草树木，也都与我有关。这许许多多东西，都被他收拾得整整齐齐、干干净净。

这所旧房子里，飘出过各种美食的香气，那些美食，都是我喜欢的。有好长一段时间，七十多岁的他迷上了蒸包子。只是因为，在我的旧作文本里，我写过爱吃爷爷蒸的包子。他哪里知道，他蒸的包子，只是我应付作文时，随意写下的一个片段。

记忆悠悠穿过岁月

我把重点大学的录取通知拿给他看，他摘下老花镜时已是老泪纵横，一颗颗泪珠，从他混浊的眼里溢出，顺着他沟沟壑壑的面颊流下。我慌忙拿了毛巾给他拭泪，他激动地重复着：爷爷高兴，爷爷高兴。

奶奶说，你爷爷刚强了一辈子，再苦再难的日子都挺过来了，只看到他为孙女流过三次泪。

第一次，是在我一岁多的时候，他上厕所的工夫，我打开了奶奶新买的降压药瓶。他回到屋里抢过我手里的瓶子，把药倒出来一片片地数了几次，一百片药，少了两片。他用花眼在地上看了半天，确定是我误吃了降压药，马上骑三轮车带我到医院洗胃。在我的嚎哭声中，他抱着我泪落不止。多少年过去，提起此事他还是不停地自责。

第二次是在他生日时，我用自己攒的零花钱给他买了个拐棍，说："爷爷，我不在的日子，您就拄着拐棍出门，就当领着孙女吧。"曾经，爷爷领我出门时，常常骄傲地对老伙伴们说，孙女就是爷爷的拐棍。他抚摸着那个拐棍，眼里含着泪夸，孙女知道疼爷爷了。

放假回家，去看他和奶奶。他正在院子里，悠悠地骑着那辆旧三轮。三轮车的后面是个绿色的篷子，里面是帆布，外面是质量最好的塑料，结结实实，十几年过去了，依然风雨不透。曾经，我坐在这个篷子里，在家到幼儿园再到小学的路上，透过精致的小窗，看小城街道上匆匆的人流和不息的车辆，吃着爷爷买的糖果点心，享受温暖平安的甜美时光。而爷爷，烈日下、风雨里，像棵移动的老树，护着那顶小小的篷，护着小树苗，悠悠地穿过岁月。我长大了，他依然舍不得拆掉这个绿篷，他一定在怀念，载我穿过大街小巷的那些岁岁年年。

奶奶说，他总是唠唠叨叨地回忆关于我的那些陈年旧事，拿东忘西的他，却数得清与我有关的所有过往。

让他也做个幸福宝贝

大学毕业，我考虑着何去何从。刚离开的那个都市，有我的大学、初恋和美好憧憬，而回到这座小城，在他的旧房子里我依然会享受着小公主似的待遇。

他更老了，头发全白，我说话要大声重复他才能听清，他说话时总是颠三倒四。

他总忘不了翻动他的旧木箱，木箱子早已被我的东西塞满，他依然会望着旧房子的墙和门框以及我的那些旧物微笑，还是常常念叨着记忆中与我有关的那些时光。

原来，那个旧箱子，这座旧房子，那唠叨不完的记忆，全是他的百宝箱。从小小的木箱到辽阔无边的记忆，越来越大的百宝箱里，盈满他对我的爱和天伦之乐。他的爱，纵横于我走过的时空中，涉及我成长的方方面面。在他的爱与乐中，那棵瘦弱的小苗，幸福地长成茁壮的小树。

他突然叫喊起来，身子却动弹不得。奶奶说，你爷爷又被噩梦魇住了，他最近总梦到战争年代那些骇人的情景，死去的战友和敌人，和他纠缠不清。奶奶的话，重如千钧，压疼了我的心。

爷爷醒来，看着我唠叨，苗苗，爷爷又梦到花和蝴蝶了。听着他的谎言，我使劲咽下涌到眼底的泪。

我终于下定决心，毕业后回到小城。因为他的百宝箱，同样藏了我生命中最贵重的珍宝。他已经八十多岁了，如果可能，我也想向天祈求，为他再借二十年岁月，把我的拳拳孝心、点点滴滴放进爱的百宝箱里，让他有生之年也做个幸福的宝贝。

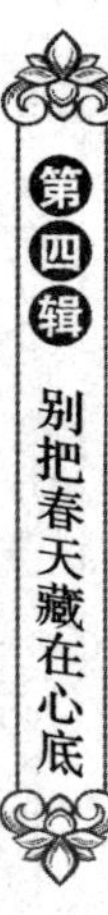

梦云儿

杨柳芳

窗外,积雪初融,杨柳吐新,六岁的叮叮趴在窗台前看,我走过去摸摸他的头,他没有任何反应。我继而俯下身来亲亲他的小脸,他便把脸依在我肩头上。我说:“叮叮,该吃早餐了。”他却说:“我刚才看到白叔叔出去了。”

我怔了一下,沉默下来,叮叮抬起一双乌溜溜的眼睛望向我,又说:“妈妈,昨天晚上我梦见云儿姐姐了,云儿姐姐变成了好多片云,有白色的、黄色的、蓝色的,还有粉色的,好漂亮,像云儿姐姐的裙子一样漂亮。”

我不知说什么,只好将叮叮揽进怀里,把他的两只小手合起来,用自己的两只大手严严实实地盖住,再轻轻地揉,我说:“暖和吗?”叮叮说:“暖和。”

白文健回来的时候,手里提着豆浆和油条,他走得很缓慢,头垂着,垂得很低,叮叮见了,忽的从我怀里蹭出来,然后打开窗户朝他挥手:“白叔叔,白叔叔……”

白文健把头抬起来,伸出手在空中挥了一下,停会儿,人影便穿进了楼道里,叮叮赶紧从床上跳下来,往门口跑,“嘭”一声打开门,站在门边等,待白文健走上来时,他一把抱住他的腿喊:“白叔叔,昨晚我梦见云儿姐姐了。”白文健颤了一下,眼里顿时蒙上一层泪水,他用手将眼睛一抹,然后拍拍叮叮的肩头说:“叮叮,乖,叔叔要吃早餐了。”

我走过去,不知说什么,白文健艰难地挤出一丝笑,说:“明天上班了,得赶紧把状态调整过来。”我鼻子一酸,眼泪也禁不住往外涌。白文健说:“没事,都过去了。”叮叮见状,把他的腿抱得更紧了:“白叔叔,妈妈说云儿姐姐还会回来的,她只是偷偷跑上天堂,变成了几朵云儿,给孙悟空当跟斗

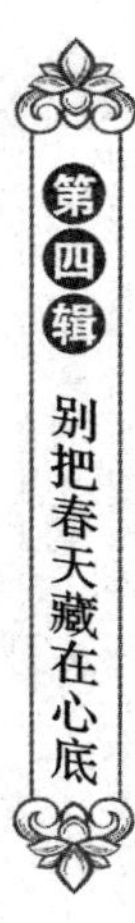

云呢。”

叮叮这一说，白文健一个踉跄靠在墙壁上，把叮叮吓了一跳，我过去掰开叮叮的手，说：“叮叮，乖，白叔叔要吃早餐了。”叮叮仍然不放手，白文健见状，索性蹲了下来，抱住叮叮，把头埋在叮叮幼小的肩膀上。

叮叮说：“白叔叔，以后我不让云儿姐姐带我去河面上玩儿了。”

白文健的肩膀一耸一耸的，耸了很久才挤出几个字来：“叮叮乖，叮叮不怕。”

叮叮用小手在白文健的头上轻轻地抚，边抚边说：“白叔叔也不怕，云儿姐姐一定会回来的。”

夜里，叮叮翻来覆去睡不着，我拍拍他的小屁股让他睡，他一伸手就揽住我的脖子说：“妈妈，我们家有几台电风扇？”

我说：“三台。”

“三台？太少了，妈妈，明天我们去买五台电风扇回来吧。”

“大冷天的，买那么多电风扇干什么呢？”

“我想让白叔叔看看云儿姐姐。”

我心里一紧，又说不出话来，叮叮便一骨碌爬起来要去找电风扇。我赶紧把他拉下，说：“云儿姐姐不会回来了，云儿姐姐掉进河里永远回不来了。”

这一说，叮叮“哇”的一声哭起来，嚷道：“妈妈胡说，妈妈胡说，那天河面上有好多人在滑冰呢，他们一定会把云儿姐姐救上来的，白叔叔不是把我救上来了吗？”

“妈妈，你说话呀，妈妈……”

叮叮摇着我的手臂不停地嚷，我终于忍不住爬起来也要去找电风扇，叮叮却一把抱住我说：“妈妈，如果云儿姐姐回不来的话，你就和爸爸再生一个云儿姐姐送给白叔叔，白叔叔一个人怪可怜的。”

我再次紧紧地抱住叮叮，我还能说什么呢，除了一个拥抱，我真的不知还能说什么，如果我是白文健的话，我能那样吗？放弃自己的儿子，去救云儿？我不敢想，把叮叮抱得更紧了。

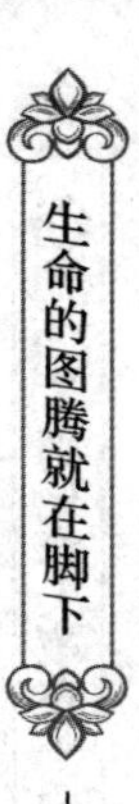

叮叮把眼睛从我下巴下抬起来,喃喃地说:“妈妈,明天我们去弄几台电风扇吧。”

我终是点了点头。

元宵节这天,我们一家三口把白文健请到家里,这个团圆之日,我们无论如何也不希望白文健守在清冷的家里,如果那还算一个家的话。

白文健明显地把自己的状态调整过了,头发梳得很整齐,胡子也刮净了,只是脸上的悲伤仍然隐匿在那浅浅的笑容下。我们平静地吃完饭后,再也按捺不住的叮叮,一把将白文健拉进自己的房间里。这一看,白文健呆住了:只见五台电风扇呼呼地吹着,把房间里的几朵彩云吹得飘啊飘啊飘……

叮叮说:“白叔叔,你瞧云儿姐姐多开心呀。”

白文健点点头,流着眼泪低声说:“嗯,我也梦见云儿了。”

有一种亲情会让你泪流满面

苏 洁

一

童年里她是我最恨的一个人,因为她给我幼小心灵留下的阴影实在太大了!

六岁时的一天,我和哥哥因争夺一个苹果互不相让,结果就在我刚刚拿到苹果的时候,她突然旋风般从屋子里冲了出来,态度蛮横地一把抢下我手里的苹果,然后一挥手狠狠地给我一记耳光。我当时吓呆了,捂着发疼的脸颊怒视着眼前凶神恶煞的她大哭。

我开始暗暗地恨上了她。

为了化解我对她的怨恨,妈妈讲起我刚出生不久的一件小事。那时我几个月大,妈妈每天抱着我坐火车去上班,然后将我送到单位里的托儿所。一天,火车上特别拥挤,包着我的小被子被挤开了,妈妈把我放在火车椅子上准备好好包包被子。谁知偏偏在这时,一个身材健壮而又粗枝大叶的女人不管不顾地一屁股坐在包着我的小被子上,我被压得“嗷”的一声痛哭起来了,顿时脸色青紫,好半天才缓了过来。回家后她听说了这件事,没想到她说什么都要把我留在家里自己照看。其实她已经够累的了,既要操持繁重的家务,还要整日地照看我,她这样做完全是给自己找了个大麻烦。她不是重男轻女不喜欢我吗?可她还是全心全意地照看了我三年,直到我上了幼儿园。她这么做有点让人想不通。

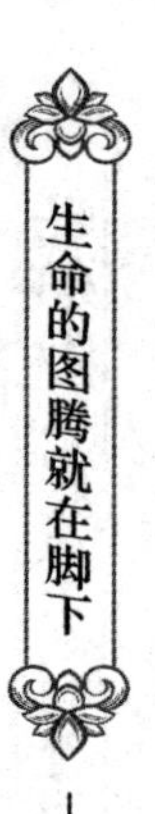

但不久后我对她刚刚萌生出的那点感激之情，也随着一次意外的发生而彻底地灰飞烟灭。一天，因为一件事她和妈妈之间发生了一次激烈的争吵。

这件事加剧了我心里对她的厌烦，她性格上的无比强势和唯我独尊让我们这个原本可以幸福的家庭没有了欢乐。尽管每次吵架过后，她常常后悔，也不止一次说，她要改改臭脾气，可过后她又忘了。我对她可说得上是既怕又烦，她还是我这个世界上至亲的亲人吗？

这次吵架过后妈妈彻底伤了心，我们一家四口毅然从家里搬了出来。

我以为可以从此远离她，但她还是找上门来了。原来，随后不久我小学毕业了，老师通知我们每人交20元钱照毕业照。那时，由于刚刚分家，我家的日子过得捉襟见肘。我不愿意看到父母为难，所以我就没对他们说起这件事，并决定不去照毕业照。直到我的一位同学跑到她家里去找我，说起了这件事，她这才知道事情的原委。让我没想到的是，她来到我家，一向强势的她神情却卑微得像个孩子，硬往我手里塞了50元钱。我不要。她小心翼翼赔着笑脸对我说："妞，我错了，我检讨，别记恨我，去照相吧。"她如此的低声下气简直像变了一个人，她这是关心我吗？我又想不通了。

二

高中毕业的第一年，我没有顺利考上大学。痛哭之后我决定第二年再考，我复读的高中就在她家附近。

又让我意想不到的是，她竟对我说："妞，上我家来住吧，我来照顾你。"我诧异，她不是一向重男轻女吗，怎么会让我去她那住。她带给我内心的那道阴影隐隐还在，但妈妈劝我："你别记恨她，她始终是你至亲的人。她没读过一天书，性格又暴躁了些，但她一直是疼爱你的。"

和她一起生活的一年里，她不但每天照料我的一日三餐，还变着样给我做好吃的，而且连衣服都不让我自己洗。她总爱在我耳边唠唠叨叨："妞，好

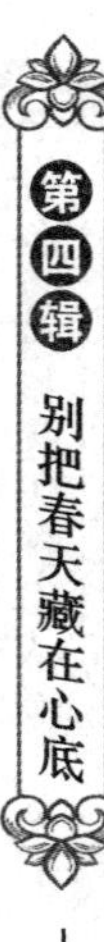

好学，别像我一样没有文化，让人看不起。将来你要考个好学校，长大有出息……”我听了鼻子不由得一酸，眼泪差点没流出来。看来我误解了她，其实她一直都是关心我的，只不过是方式不同罢了。

中师毕业那年，因为我学的是幼教专业，所以按规定只能去幼儿园工作，可我不愿意去幼儿园，想去学校做老师，但这要我们这里的教育局长同意才可以，似乎有点难。

可是她打着包票拍着胸脯对我说：“妞，别着急，我想办法给你办工作。”可她只是一个家庭妇女，大字不识一个，能去找谁呢？

可她执拗地每天出去为我工作的事奔波，没想到她还真就办成了。原来，她找到局长，和人家做了一番至情至理的交谈，谈起了我爷爷的病，还谈起了爷爷一辈子都奋斗在教育一线上，所以我应该顶爷爷的班当一名老师，完成爷爷没有完成的教育事业……她有理有据的谈话居然说动了这位领导，我终于如愿进了学校。这件事有她很大的功劳，让我很感激。

三

工作后，我结交了男友，但是婚事遭到了她的强烈反对。原因是她认为男友家里条件不好，我嫁过去会受罪的，她希望我找一个家庭条件相对优越的人家，因为我本身各方面条件都不差，她希望我一生都过得幸福美满。可无论她怎么苦口婆心地劝说，我都执意不听。最后一次她气得捶胸顿足，六十多岁的老人了在我面前哭得鼻涕一把泪一把，埋怨我太傻，怎么就听不进她的话呢？她完全是为了我好，我何尝不知道。这是我与她亲情的对峙中，她生平第一次输。可作为赢的一方的我并没有感到开心，反而内心里如车轮碾过一般剧烈地疼痛。

婚礼的那天，她没有出现在众人面前，尽管她送给了我一份丰厚的陪嫁，我内心有些隐隐的失落。但是就在婚车即将启动的时候，在一处角落里我看见了一个非常熟悉的身影，不正是她吗，她一边热切地朝着我这边看，

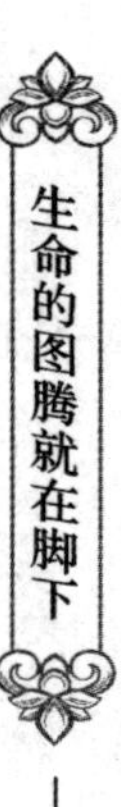

一边悄悄抹眼泪,秋风吹拂着她满头银发。她还是惦念着我,我的心头涌动着一丝如潮水般的感动。

日子匆匆而过,婚后一年我剖宫产生下了女儿。

当我从手术台上刚回到病房时,没想到她会风尘仆仆拿着几床她亲手为孩子缝制的小棉被赶来看我。

看见她步履蹒跚地赶来,我“哇”地一下大哭起来。大概是深深受她的影响,觉得生女儿有点委屈。没想到她站在我床边和颜悦色地劝我:“妞,哭什么,咱不哭。生个女孩多好! 女孩是妈的小棉袄。”

可她越说我哭得越厉害,弄得她眼睛里也满含着泪水,但她用那双满是老茧的大手轻轻地帮着我擦去眼角不断流淌的眼泪。难道她重男轻女的思想一下子转变了吗? 我想不是的,她只是想好好安慰我,给我亲人般的温暖,我曾经冻结在心头对她所有的怨恨像春天里的坚冰一样慢慢融化了。

四

她七十多岁的时候,爷爷的脑血栓病情加重,瘫痪在了床上。她顾不上自己的身体,整日整夜地守护着爷爷,给爷爷按摩、喂饭……那阵子她忙得像个陀螺,苍老了许多,腰也更弯了。但总算是靠着一位医生的高超针灸技术,让爷爷勉强能拖拖拉拉站起来走路了。说实在的,爷爷当时能康复到现在的样子,有她不少功劳。

但有时她仍是改不了她的脾气,免不了和爷爷争吵,往往惹得爷爷像个孩子似的痛哭不已。事后她还挺后悔,不停地埋怨自己,但就是改不了了。

去年的正月初六,爷爷突然地走了,事先毫无征兆。

当她得知爷爷的死讯后大哭不已,吵着在爷爷出殡那天一定要送他。我们全家人都不同意。

因为我们这儿有个风俗,如果夫妻一方先亡,在出殡那天,一定要把另一方的手脚用红绳绑上,按照老一辈人的说法,是怕把另一方也带到天上

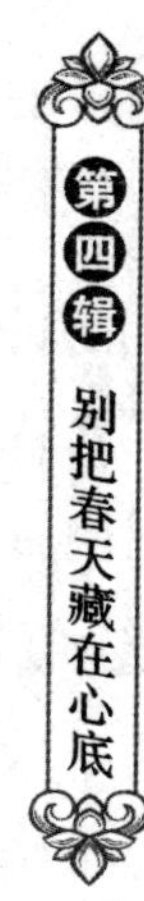

去，所以我们极力反对她去给爷爷出殡。

但爷爷出殡那天清晨，她一路闹着跑到了殡仪馆。她神色凄凉，满含着泪水说，她对不起爷爷，没有照顾好他，让他一定原谅她。那一刻，在她的号啕大哭中我觉得爷爷在天之灵也能感受到她深深的忏悔。

爷爷走了以后，她彻底地蔫了，一个人像只孤单的小燕一样连楼都不下了。我想不明白，爷爷活着的时候，她几乎是天天和他吵架，为什么爷爷走了以后，她曾经的飞扬跋扈、蛮不讲理都不见了呢？她仿佛一夜之间变了一个人，再也不大着嗓门吵吵了，总是不断地摩挲爷爷留下来的东西，一个人伤心难过。

那天，我去她家里看望她，发现她养了一只小鸟。她对我说："妞，你说奇怪不，你爷爷走了没几天，这只鸟就飞到咱家来了，怎么都不走，我一抓就抓住了。"后来她居然像个孩子一样幼稚地问我："妞，你说这只鸟是不是你爷爷变的？他知道我寂寞来陪伴我来了。"我有点哭笑不得，又有些心疼，回头发现她落寞的神情，看着小鸟发呆的样子，我知道她又在思念爷爷了。于是我紧紧地抱住她，在她耳边对她说："奶奶，别伤心，你还有我。"她眼含着热泪点点头。

这一刻我决定了，我要原谅她，以后要对她百倍地好，我的情感世界里不能没有她，她始终是我最亲最亲的亲人，而且她给我的亲情总是让我泪流满面。

特别的日子

徐慧莉

一

周六，张敏丽在家休息。

本来她打算到一个学生家去家访，临出门时突然接到一条信息，是妹妹发来的，这提醒了她。于是，她便把家访日期改到下周。张敏丽今年带初三毕业班，平时工作很忙，几乎没有时间陪家人，家里的事都由母亲帮助打理着。今天不同，她跟母亲一起去菜市场买了好多菜，这些都是女儿和老公王长龙喜欢吃的。

买好菜回家时，王长龙开门正准备外出。一个要出，一个正准备进，门一开，把彼此都吓了一跳。张敏丽与王长龙青梅竹马，高中毕业又进了同一所师范类大学。两人感情一直很好，让周围人看了好生羡慕。大学毕业后，张敏丽当了中学老师，工作上游刃有余，年年得先进。而王长龙则没有这么幸运，他改行进了一家旅游公司，想干一番事业。可是，旅游业的发展除了靠个人能力外，还与人脉资源、资金以及国际国内经济发展相关联，想做好并不是一件容易事。十多年下来，王长龙跳了好几次槽。半年前，他改了行，进到朋友的一家矿业公司当总经理助理，拿年薪，收入高了，应酬也就多了，有时要到深夜才回家。对此，张敏丽没说什么。她知道他性格倔、好强、要面子，认准的事情九头牛都拉不回，与其一说就吵架，还不如保持沉默。所以，两人在家基本不说工作上的事，只说家里或孩子的事。

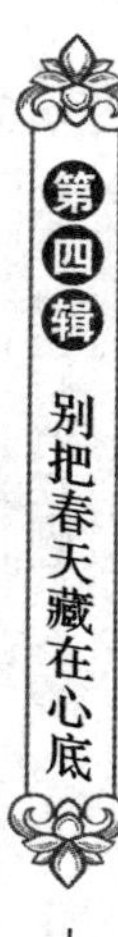

看见妻子和岳母大包小袋地拎了好多东西回来，王长龙作势朝外面看了看，打趣地说："呀，太阳从西边出来了吗？我们的张主任今天居然亲自到菜市场去买菜？"

"就你话多，平时不是忙吗？等这个班学生毕业后，我从初一开始带，轻松轻松。"张敏丽一边找鞋一边搭话。

"我到大名苑去见一个老板，谈一笔生意，中午和晚上都不在家吃饭。"王长龙把母女俩让进来，自己穿鞋准备出去。

"大名苑？怎么没听说过？"张敏丽对王长龙说的那个地方很陌生。

"开业才半个月，在离市区三十多公里的S县，你当然不知道。"王长龙说。

看着电梯下去了，张敏丽才想起刚才忘记提醒王长龙今天是……也许，他还记得，晚上会早点回来。张敏丽心里这样希望着。

二

帮母亲把东西放到厨房里，她走进女儿的房间里。女儿正在写作业，看见张敏丽进来，她抬起头，轻轻地问了一句："妈妈，爸爸又出去了啊，会不会又喝很多酒？"

说到喝酒，张敏丽就气不打一处来。自从进了新公司，王长龙是"小喝天天有，大喝三六九"，每次回来都醉醺醺的，满嘴胡言乱语。脸色也越来越差，原来健康的皮肤渐渐变成了酱色。张敏丽时常提醒王长龙去体检，可他就是死活不肯去。

"大人事小孩别管，你好好学习。"看着女儿懂事地点点头，张敏丽轻轻地抚了抚她的头，走了出去。

"这大龙，肯定忘记今天是什么日子了。男人啊，都一样，你爸年轻时也从不记得，但那时跟现在情况不同，是没有条件。"母亲正在厨房择菜，老人家朝女儿脸上望了望，小心地说。母亲喜欢把王长龙叫成"大龙"，从小到大

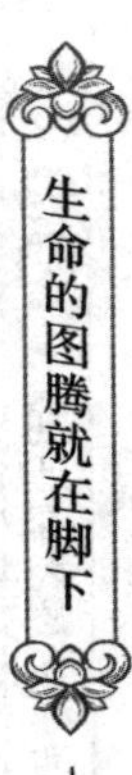

就一直这么叫着。

“没事，妈，我们自己吃。”张敏丽强作欢颜。

吃过晚饭，母亲与对门的阿姨一起出去散步。张敏丽陪女儿看了一会儿少儿节目后，便安排女儿睡下了，她自己则坐到书桌旁改了一会儿作业。九点多时，母亲开门进来，听声音很高兴，她一边走一边大声地叫着：“敏丽，敏丽，我今天去学跳舞了。”

“哦，好，知道了。”张敏丽低声地应着，蹑手蹑脚地走出去。

“大龙还没回来？”母亲瞪大眼睛，朝房间里瞄了一眼。

“没有。”张敏丽轻轻地回答，没有显出不高兴的情绪。在母亲面前，她一向只呈现快乐的部分。父亲于十年前去世，母亲就一直跟着自己过，帮忙料理家务，井井有条。如果没有母亲在身边，张敏丽不知道生活会乱成什么样子。

“打电话问一下。”母亲提议。“好。”张敏丽听话地拨响了王长龙的号码。

“我在高速路上。”王长龙说话时带有浓重的鼻音，看来今晚又喝了不少酒。对王长龙的一切，张敏丽了如指掌，甚至有时他说话的内容，说了上句，张敏丽能猜到下一句会说什么。王长龙有时开玩笑地说，幸亏你是我老婆，你要是我的对手那还不坏大事了，百战百败。所以，从现在王长龙喝酒后的声音分析，张敏丽知道他今晚喝了不少于七八两酒，想赖都赖不了。

他的周围很嘈杂，有喇叭声、汽车声，还有男女的混叫声。张敏丽侧着耳朵细细地听了一下，那男的声音似乎是那个A县金老板的。两个月前的一个周六上午，张敏丽见过他。之前，王长龙央求张敏丽，让她去陪生意伙伴金老板的太太去医院看病，说他们在本地只认识自己。张敏丽知道这是假话，那公司总经理他不认识吗？可以去找他啊，你王长龙只是总经理助理。可王长龙对此事十分在意，说这是培养感情的好机会，让张敏丽一定要帮这个忙。话说到这个份上，就不能再推辞了。刚好张敏丽那天也不太忙，就一起去了。

在医院大门口，张敏丽第一次见到了那个金老板。五十左右，个子不高，体形粗壮，皮肤黑黑的，笑起来眼睛成了一条线，感觉就是一“笑面狼”。女人三十岁左右，圆脸，长发披肩，皮肤不白，长相很普通。但她有个让男人喷血的地方——巨乳，那圆滚滚、结实的乳房高高地挤在胸前，呼之欲出，似乎想要冲出衣服的藩篱，尽显自己夺人的风采。女人是来做流产的，张敏丽不明白她年龄也不小了，为什么不把孩子生下来。事后问王长龙才知道，金老板已有妻室，还有三个儿子，这个女人是他在这个城市包养的。被包养前，两人已经有过约定：女人不准生孩子，不到外面工作，随时听候男人调遣。男人送给女人一套100多平方米的房子，每月给女人2000元生活费，随便怎么用，但要报账。女人答应了，也采取了避孕措施，没想到走了火，怀孕了。女人哭着闹着要生下来，可金老板就是不同意，怕犯重婚罪，更怕家中的老婆知道。因为家里经济大权都由老婆掌控着，并限制他每月只能消费两万元钱。

丈夫跟这样的人接触，张敏丽哪里放得下心，建议王长龙不要跟金老板来往了，说“近朱者赤，近墨者黑”。可是，王长龙说对方是公司的主要客户，不接触肯定不行。还说那金老板就是生活作风方面差一点，为人处世等方面都很不错。张敏丽见说服不了丈夫，从此就警惕起来。每次他应酬回家，她都会趁他熟睡后，在他衬衣、公文包里检查一番，看有没有可疑的地方。不过，还真没发现什么。现在这么晚了，他们又在一起，这让张敏丽有点坐不住了。

三

十一点整，她再次拨响丈夫的手机，却一直没人接。这让张敏丽尤其不安，她在屋里来回踱着，不断地拨电话，可就是无人接听。这让她很气恼，在心里恨恨地骂着：“可恶的家伙，回来让你好看。”

“还没回来啊？也没来电话？”母亲披着衣服从房间里走出来，看着站在

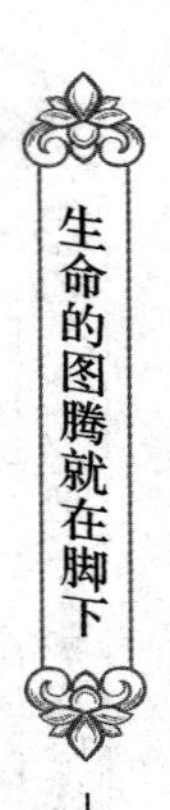

客厅不停拨打手机的女儿。

“没有。”她简直有些咬牙切齿了。“会不会出什么事?”母亲一惊一乍地问,这让张敏丽产生了新的忧虑。这才是她最担心的,A 地离此几十公里,他又喝了酒,也不知他开没开车去?

“妈,你睡去吧,应该快回来了。”想到母亲也跟着一起担心,张敏丽很难过,安慰道。母亲没吭声,进了自己的房间,钻进了被窝。最近天气本来就冷,今晚就更寒了。

“请速汇钱过来,我出事了,被公安局抓住了。这是我朋友的手机,请不要打电话给我。”焦急中,突然一条信息蹦到手机屏面上。她迅速查看,发现是外地号码。

“是不是他手机掉了,用金老板电话发信息过来的。”她现在已经失去了辨别力。她确信丈夫出了事,虽然平时手机里也出现过类似的信息,那时她一笑置之,但现在这种特殊场合、这个时间,容不得她不想多。

“也许我应该出去看看。”想到这里,她浑身发热,再也坐不住了。找了一件最厚的羽绒服包在身上,又找了一个最亮的手电筒,下了楼。

出了小区,她习惯性地摸了摸口袋,发现钱包没拿,手机也忘带了。如果他打电话来怎么办?于是,她又返回家去取。又怕母亲醒来看不见自已着急,她走进母亲房间,轻轻叫醒母亲,说下楼去看看。

“小心点,不要走暗处。”迷糊中,母亲担心地嘱咐着,说过后还叹了一口气。

这让张敏丽很难受,母亲跟在身边,自己不但没让她安度晚年,反而让她担惊受怕,真是不该。想到这里,她的泪一下子涌出来。她重新出了小区。小区的门卫抬起头仔细地看了看她,没作声。

“我去 A 县。”等了十多分钟,才来一辆出租车。她迅速地钻进去,朝司机轻声说。他扭头看了她一眼,什么也没说,这是个五十多岁的大伯。

沉默中,走了差不多有二十分钟,攥在手心的手机突然响起来。她接通,一把举在耳边。

“敏丽,你怎么不在家?”王长龙急切的声音在那一头响起,有些气喘。

“你去哪里了？现在才回电话?”张敏丽发现自己的声音如此虚弱。她不是要找他生气的么,怎么现在一点也不生气,反而有一丝惊喜。

“我十点多就回来了,满大街地找花店,谁知道都关门了,后来跑到市中心才找到一家。今天不是我们结婚十周年吗?”王长龙在那边兴奋地说。

“……”张敏丽心一热,泪水从脸上流了下来。

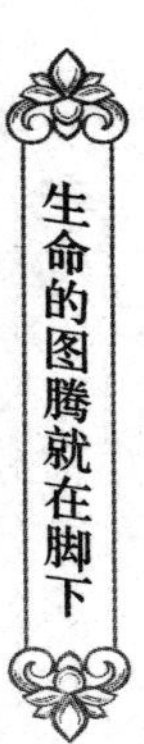

每个母亲都是战士

卫宣利

一

女儿小薇六个月大时，我和婆婆的矛盾终于爆发。其实不过是鸡毛蒜皮的家庭琐事，可桩桩件件聚集起来，就像越吹越大的气球，最后终于到了极限，“嘭”地一下，爆了。婆婆一气之下，撂了挑子，把正磨人难带的女儿和乱成一锅粥的家丢给我，自己甩手回了老家。

老公向平工作忙，一点忙帮不上。他几次要打电话请婆婆回来，都被我拒绝。我赌着气，心想离了谁地球也照样转，你不帮我带娃难道娃就长不大了？

可是真轮到我自己带孩子，我才知道有多辛苦。她腹泻，一会儿一哭闹，这边拉脏的衣服还没顾上洗，那边又拉了一床一地，我忙着给她擦洗屁股，涂上护臀膏，她在我怀里挣扎不止，哭得声嘶力竭。外面，送快递的大喊我的名字，“啪啪”地打门；屋里，电话催命似的响个不停。我手忙脚乱地给她收拾干净放在床上，蓬头垢面地去开门，还没到门口，只听她在我身后一声惨叫，我慌忙转身，她已摔在地上，四肢在空中拼命舞动，哭得几乎背过气去。

终于安抚好她，腾出手来去接电话。是母亲，她的焦灼急切顺着电话线烧过来：“你怎么不接电话？出什么事了？你吓死我了，再打不通电话我就去你家了……”

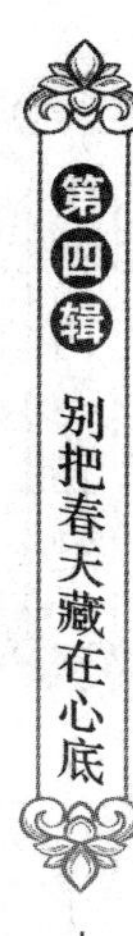

我积攒的火气像被烧了油,"呼"地一下燃起来:"我能有什么事? 妈你别给我添乱行不行? 我这儿都火上房了,没时间陪你聊天。"

两秒钟后,电话重又响起,我心烦意乱地奔过去,提起话筒就是一通咆哮:"妈,让我清静一会儿行吗? 我快被她折磨疯了! 你们谁都不帮我,我不过说了两句重话,婆婆就撂挑子,我累得腰都要断了……"心里的烦躁和委屈忽然间涌上来,我的泪水霎时恣意横流……

母亲任我发泄完了,小心翼翼地问:"小薇是不是不舒服? 听她的哭声不太对。"不等我回话,她又急急地说:"妮儿,你别哭,别急,妈这就过去。"

放下电话,我才后悔,母亲身体一直不好,她被糖尿病折磨多年,隔三岔五地就要上医院。也是因为这个,她才没能来帮我带孩子。我忙乱之中只顾自己着急,不管不顾地这一通发泄,一定让她担心了。可是她,即使来,又能帮上我什么呢?

二

两小时后,母亲在外面喊我。我抱着孩子迎出去,母亲站在寒风里,一头白发被风吹得散乱,沟壑纵横的脸上蒙着灰尘,冻得皲裂的手里提着一个大袋子。我刚出单元门,就被彻骨的冷风击得打了个寒战,赶紧解开衣襟急急地把小薇往怀里塞。而母亲,看到我只穿着睡衣,慌忙张开胳膊,试图用自己的身体来为我遮挡扑面而来的寒风。

我的眼睛酸了一下,都是下意识的动作,我心疼自己的女儿,而母亲,心疼的是我。

进了家门,她把那个大袋子放在地上,说:"走得急,来不及给你准备别的,自己地里种的萝卜白菜红薯……"我哭笑不得:"妈,萝卜白菜几毛钱一斤,你这么远,上车下车,拿这么沉的东西干吗?"

她揉着疲累的腰,口里却轻描淡写地说:"再便宜那不也得花钱吗? 你现在不上班,向平一个人赚钱养家,如今又有孩子,花销大,省点儿是点儿。"

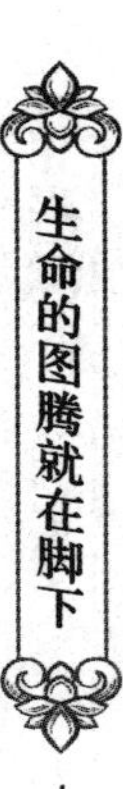

她把小薇接过去抱在怀里，面颊轻轻碰了一下小薇的额头，转头问我："给孩子量体温了吗？发烧呢。"

被母亲一提醒，我才恍然，居然粗心地忘了量体温。一量 39 ℃，我的心一下子提到嗓子眼，泪"哗"地就出来了。自从有了小薇后，我就变得特别脆弱，她打个喷嚏咳嗽一声都会让我心惊肉跳。我在房间里兜着圈子，焦灼犹如困兽，无助地问母亲："妈，这可怎么办？不会是肠炎吧？她会拉脱水吗？"

母亲接过孩子，镇定地吩咐我："赶紧的，换衣服，妈陪你上医院。"

我迟疑着："还是等向平下班陪我去吧，你这身体，怕也帮不上忙……"

她果断地打断我："孩子的病不能等。你别担心，妈不能做别的，好歹陪着你，帮你壮个胆也好。"

到医院，小薇缠着我不撒手，母亲说："你坐这儿等着，我来。"我远远看着，她谦卑地向护士打听儿科在几楼，步履蹒跚地和别人挤电梯。挂号，抽血，化验，母亲跟在我身后，楼上楼下一趟趟地跑，她替我向医生陈述小薇的病情，帮我排队付费取药，代我拿化验单子给医生看……几趟下来，她累得气喘吁吁，这样寒冷的冬天里，她的额头上竟满是汗珠。往常她来医院，这些事情都是我们做的，我从来不知道，我这平日病恹恹需要人照顾的母亲，胸腔里竟然藏着这样巨大的能量。

医生的诊断结果出来，果然是肠炎，要输液。

直到女儿输上液，她才坐在旁边的椅子上，很快睡着了。她的身子歪着，半张着嘴，口水顺着下巴淌下来，鼾声如雷。

我想起来，从打完电话到现在，四五个小时里，她跟着我跑前跑后，马不停蹄。而平时，她常常腰疼得连一顿饭也做不完，走几步路就迈不动腿。今天当然和往日没有什么区别，但她忍着不说，她像一个坚强的战士，奋勇向前为我遮风挡雨，只因为，这一刻，她是我依赖的母亲。

三

输了三天液，女儿的烧退了，腹泻也止住了。这三天里，母亲每天早早

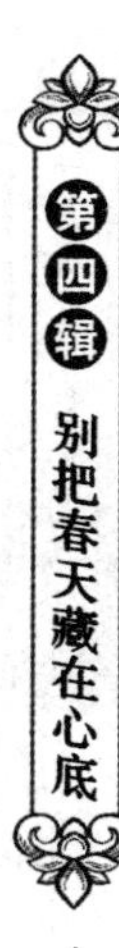

起床，去菜市场买菜，做饭，陪我去医院，回来给女儿做辅食，洗衣服；晚上我睡熟的时候，她起床给女儿冲奶粉换纸尿裤；白天女儿哭闹，她把女儿带出去在小区花园里一圈圈地转，只为了给我留一会儿休息的时间……

我不知道，听不懂普通话的母亲，如何在菜市场和商贩一分一厘地讨价还价；视力微弱的她，如何看得见育儿书的食谱，做辅食给女儿吃；腿脚不灵便的她，如何自己摸索着到早市超市菜市场，把新鲜的水果蔬菜一袋袋提回家……我只知道，在我这里，她是无所不能所向披靡的女战士，为我冲锋陷阵攻城略地。

当然很累，晚上睡觉时她的脚是肿的，几天的时间里人就瘦了一圈。可每次我从她手上夺过要洗的衣服时，她都笑眯眯地重新抢过去，她心疼我："我在这儿一天，能帮你一点是一点。等我走了，你一个人，哪样不做也不行。"

一周后，母亲要走了。前一晚，她和我聊了大半夜："本来我应该在这儿帮你照看小薇的，但现在我不能留在这儿。我的身体状况倒是其次，关键是你婆婆，你把她气走了，换我来帮你，让她怎么想？你也知道，带孩子不是件轻松的事，你婆婆也辛苦，你要多体谅她。去道个歉，把老人请回来。"

我迟疑着："她走的时候那么生气，还会回来吗？她会原谅我吗？"

母亲眨眨眼睛，笑道："傻孩子，哪有母亲和儿女记仇的？你只要跟她说，小薇生病了，她肯定会回来的。你婆婆也是妈啊，天下做母亲的都是一样的心，她也心疼你和向平，心疼自个儿的孙女。"她催促我："打电话啊，现在就打。"

母亲目光灼灼地盯着我，我只好硬着头皮拨婆婆的电话。电话只响了一声，就被接了起来，我刚叫了声妈，婆婆急切的声音传过来："娟儿，怎么了？出什么事了吗？小薇还好吗？我这两天老梦到你们，是不是小薇生病了？"

我的声音忽然就哽咽起来："妈，小薇肠炎，拉肚子……"

婆婆在那头急得声音都变了："你怎么不早给我打电话？你一个人顶得

住吗？去医院了吗？现在怎么样了？你别着急，妈这就去……”

我赶紧解释：“输了三天水，现在已经好了。妈，您别着急……”

婆婆的嗓门又提了起来：“我能不急吗？你们年轻，带孩子没经验，我这才走了几天，小薇就病了……好了，不跟你说了，我去打车，一会儿就到。”

我在婆婆啰唆的埋怨中，突然落泪。是的，母亲说得没错，婆婆也是母亲，每个母亲都是战士，儿女遭受到的每一次坎坷和磨难都是她的冲锋号。无论何时何地，无论曾经有过多少误解抱怨，只要号声一响，她就像听到了命令，勇猛向前左冲右杀。她把儿女挡在身后，用无坚不摧的后背，为自己的孩子打造一个安宁幸福的所在。

因为爱你，所以认输

卫宣利

一

她刚懂事的时候，就听别人说，她是他们要来的孩子。她上面有两个哥哥，父母一心想要个贴心的小棉袄，所以就要了她。她是从陕西抱回来的，听说那家人，连续生了两个姑娘，她是第三个，为了要个男孩，就把她送了人。

说的人言辞切切，似乎对她家里的情况了如指掌。她懵了，哭着跑回去问母亲。母亲二话不说，拉着她的手就去找那个多嘴的人。不顾众多围观的人，指着那人的鼻子，不由分说就是一番痛骂。她从未见过母亲那般厉害的模样，双手叉腰，横眉立目，骂人的话仿佛离弦的箭，一串一串地直射出去，直把那人骂得狗血喷头，脸色发白，灰溜溜地走了。

她跟在母亲身后，像得胜还朝的将军，迎着众人惊讶叹服的目光回家，一路上昂首挺胸扬眉吐气。她知道母亲赢了。在她的记忆中，母亲总是赢的——和伯伯姑姑争论奶奶的养老问题，母亲赢了；秋收时，父亲不在家，母亲一个人几天没合眼，赶在下雨前把八亩玉米都收回了家，母亲赢了；村干部把他们家的宅基地划给了别人，母亲一路告到县里，也赢了……母亲争强好胜，一个家，里里外外，全靠她一人撑着。

这一次，母亲赢的结果是：从此后，再也没有人敢当面说她是捡来的孩子。而母亲，就以那样一种赢的姿态，骄傲地站在她童年的记忆里。

二

虽然再没有人敢说她的身世，但渐渐地，她还是感觉到自己和这个家，有许多的不一样。一家人都长相普通，唯独她越长越出挑，身姿婀娜，脸蛋娇嫩，目光如水般清澈。一家人都五音不全，哥哥唱首歌，调能从北京跑到广州，她却爱唱爱跳，嗓音有金属一般的质感。两个哥哥都随父亲，性格内向木讷，三棒子打不出个响屁，偏她却活泼伶俐，像只百灵鸟，见人就叽叽喳喳，哄得人团团转。

她把这些疑惑藏在心底，在父母面前，极力讨巧，做他们贴心的小女儿。可是，她还是想知道，自己到底是不是他们的亲生女儿。

那一年，电视上盛行选秀节目，她的城市也展开了轰轰烈烈的海选活动。她自恃有一副得天独厚的好嗓子，非要去参加比赛。

母亲当然不同意，其时，她正读初三，面临中考，课程紧，哪里有时间去参选。再说，她从未受过唱歌方面的专业训练，不过是跟着电视会唱几首流行歌曲。而且，就算万幸被选上了，去参赛也不是件容易事——交通费、服装费，各种包装费用，是他们这种普通家庭能够承受起的吗？若真能拿个名次还好，如果中途被刷下来，岂不是所有的努力都付之东流？

母亲不允，她就缠，就闹。她说：“我这么漂亮，嗓子又好，不可能选不上。你总得给我机会让我尝试一下吧，倘若一举成名，以后你们跟着我，我给你们买名车豪宅，让你们尽享世间荣华……”

母亲笑她痴人说梦，对她画的大饼视而不见，任她哀求使性，只是不理。眼看报名的日期就要截止了，她终于急了，放出狠话：“不让我去报名，我就绝食！”

果然就绝了食，两天，不吃，不喝，母亲端上她最爱吃的糖醋鱼，她不理，背过身窝在被窝里涕泪横流。

最终，妥协的人是母亲。母亲搂过她饿得无力的身体，心疼得直掉眼

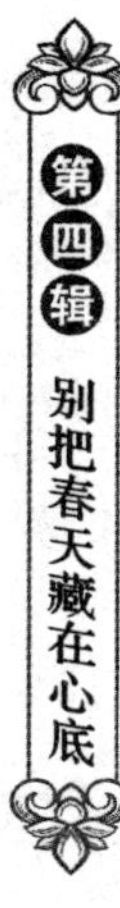

泪:“妞,吃饭吧,只要你肯吃饭,妈什么都答应你。”

她赢了,不过是用了最俗的方式:一哭二闹三绝食,却轻而易举地赢了。而母亲,就这样不战而输。但是,当她欣喜地报名参赛后,第一轮就狼狈地败下阵来。评委冷冷地丢给她一句话:“连个音准都没有,还来参加比赛,胡闹!”她在台上急得直哭,苦苦哀求评委给个机会,让她再唱一首。但没有人理会她的眼泪,她终究被毫不留情地赶下台去。

她第一次明白,原来并不是所有人都在乎她的眼泪。

三

高考结果出来,她的成绩不理想,只考了个三流的旅游学校。本来可以在市里读的,母亲也说,女孩子跑那么远干吗,离家近点好歹有个照应。将来毕了业找个合适的工作,再找个好人嫁了,我们也就安心了。

她被母亲的规划吓住了,她当然知道母亲的心思,父母老了,两个哥哥各自娶妻成家,留她在身边,将来他们有个头疼脑热的,也好有人照顾。他们当初千辛万苦要了她,不就是为防老吗?可是,她才十八岁,人生的美好画卷,才刚刚在眼前展开,她还有无数的梦想,怎么能就这样被湮没了?外面的世界天大地大,她怎么肯被埋没在这个小县城里?

她又一次和母亲较上了劲,这厢听着母亲不厌其烦的规劝,默不作声;那厢却偷偷报了一家民办的学校,不声不响地买了去北京的火车票。母亲整理房间时,从她的枕头下翻出那张火车票,人就傻了。母亲披头散发地坐在床上哭天抹泪,骂她狠,良心让狗给吃了……她不为所动,倔强着,一滴泪都不流。心里想:哪有这么自私的父母?就为了自己老了能过得舒服点,就毁了我一辈子的幸福吗?说到底,还不是因为自己不是他们亲生的闺女?

母亲最终还是遂了她的愿,临走前,母亲为她收拾行李,装了红薯干,煮了咸花生,炸了五香带鱼,蒸了枣花馍……都是她最爱吃的。她嚷着太沉拿不动,母亲还是又把一袋子嫩玉米挤了进去。母亲说:“离了家,这些东西就

吃不到了。"

她以为自己不会难过的,可是火车开动的那一瞬间,看着母亲失魂落魄朝她挥手的样子,她的泪,还是涌了出来。

四

去了才知道,那所学校很垃圾,管理混乱、打架、盗窃,不但没能像承诺的那样为他们安排工作,连个毕业证都难拿到手。她读了两年后,被分到一家旅游公司实习。因为没有导游证,只好做野导。自然很辛苦,比别人做得多,拿到的薪水却很少。

出来四年,她一直没有回家,她想等自己混出样子后衣锦还乡。可日子似乎越过越难,赚的钱付了房租、水电费、伙食费,连件像样的衣服都买不起。母亲打电话说:"实在过不下去就回来吧,你大姨的婚庆公司缺个司仪,你能说会唱,干这个合适。你都二十二岁了,邻居小娅和你一样大,孩子都生了……"

她听得心烦,燕雀安知鸿鹄之志?留在大城市,未来便有无限可能。回家做个小司仪,有什么意思?结婚,她不急,她相信有一天,她的王子会给她一个锦绣未来。

并没有等到她的王子,她却被同学骗去湖北做了传销。同学说,先拿一万,等发展了下线,自然就有五万十万二十万的钱"哗哗"而来。她打电话给母亲要钱,撒谎说要买个导游证,没有证干活多拿钱少,没有出路。

母亲就信了,两天后,一万块钱打了过来。母亲的留言是:快过年了,回家吧。

当然没有十万二十万的钱"哗哗"而来,因为发展不来下线,她被禁锢在那个传销窝点,为很多人做饭,洗衣,打扫卫生。那年春节她还是没有回家,她想回,但回不去了。

那夜,看到母亲和警察闯进来时,她惊呆了。母亲抱住她就哭了,反反

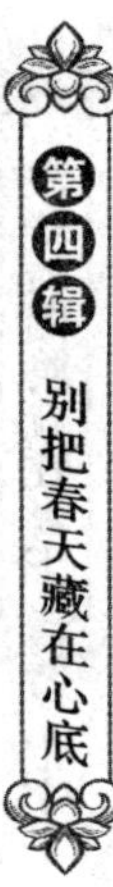

复复只有一句话:“乖,跟我回家……”

后来她才知道,她几年没回家,母亲怕她出事,就照着她留的地址找了过来,求助了当地媒体,又发微博寻找,才知道她被卷进了传销团伙。又与警方联系,才将她解救出来。

她很难想象,在那个陌生的城市里,一个并不认识几个字的村妇,怎样焦急地找寻着她的女儿,又怎样费尽周折求助于记者和警察。

这一次,母亲算是赢了吗?可她总觉得,母亲又输了,因为她养了一个多么不成器的女儿啊!

五

回去后,她在大姨的婚庆公司做了司仪。她从小就伶牙俐齿能说会唱,干这个活自然是信手拈来。没多久,她就在县城里小有名气。不断有人给她介绍男朋友,青年才俊、干部子弟可着她挑选,她却偏偏喜欢上了公司里搞摄像的小伙子。

小伙子家境贫寒,家里还有年迈的双亲需要侍奉。母亲强烈反对,苦口婆心地劝她:“妞啊,你可别犯傻劲,放着好条件的不嫁,非要那穷小子不可,他房无一间地无半亩,拿什么养你?”

她犟:“我自己有手,为什么要靠他养?再说,现在穷不代表将来也穷,你们怎么那么短视?我就要嫁他,明天就结婚。”

母亲怒了,一巴掌拍在桌子上,吼道:“你敢?你今儿要敢迈出这门半步,就等着回来给你妈收尸吧!”

她一急,倔脾气又上来了:“好,你们不同意,我和他私奔去!”不管不顾摔门而去。

终于没有私奔成,在火车站,他们被急奔而来的母亲拦下,母亲急急地拉住她,语无伦次地哀求:“妞,别走……妈求你了……妈回去就给你准备嫁妆,同意你们结婚……”

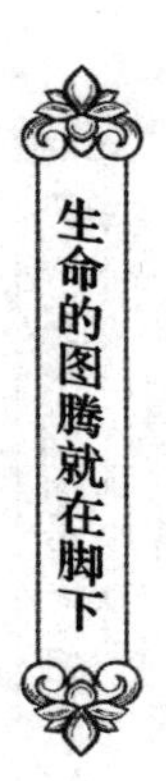

母亲的声音在风中颤抖，母亲衣衫不整，头发被风刮得蓬乱，一双泪眼里全是焦灼、怜爱与忧伤……她忽然发现，那个强大的母亲，好胜的母亲，原来那么弱那么小那么卑微，弱到只要她轻轻向前抬起一步，就能将母亲击倒，击垮，击毁。

她知道，她又赢了母亲，可是此刻，她的心为什么这么痛这么酸？

六

似乎，这么多年来，在和母亲的斗争中，每一次，她都是必然的赢家，输的那个人，永远是母亲。

后来，她看到那个故事——从前，有两位母亲争一个孩子，县官让她们抢，孩子被拉得痛，哭了，亲生母亲心一软，先松了手。

她想起过往的种种，心刹那间被击中。她明白了，为什么面对她的任性霸道蛮不讲理，一向好胜的母亲，却总是心甘情愿地输。那只是因为，她是她最爱的那一个。她已不再追究自己究竟是不是他们亲生的女儿，因为母亲，已经用她一次次的认输，告诉自己：她爱她，一辈子。

人生没有橡皮擦

罗光太

一

茉茉长得像孙燕姿，是班上公认的“班花”。她人缘好，唱歌好，学习更是超一流，年级第一的“宝座”一直由她稳稳占据。班上的女生都叫她“大姐大”，男生对她更是言听计从。我和所有男生一样，也在偷偷喜欢她。

老师、家长宠爱，同学拥护，茉茉每天过得很开心，像个快乐天使。只是这种情形只持续到初三就改变了，那时班上转来一个叫康乐的新同学。康乐刚来时，谁也没拿他当回事，他长得瘦瘦小小的，像“豆芽菜”。衣服又皱又短，一点也不合身，班上的同学都嘲笑他是“乡巴佬”。

谁也没想到，这个一点也不起眼的康乐，居然撼动了茉茉在学习上的“霸主”地位。第一次英语单元小测，他和茉茉以满分并列第一。茉茉的不开心很明显地挂在脸上，那几天，她一直闷闷不乐。

“你不高兴？因为康乐？”我问她。

茉茉不屑地瞟了眼康乐，漫不经心地说：“我有吗？”

我笑了笑，不再说话，但心里却恨极了康乐。班上的同学，不约而同地集体孤立了康乐，没有人和他说话，更没有人和他玩。其实，大家都知道，这不是康乐的错，但谁也不愿意因为和康乐交往被大家集体排斥。

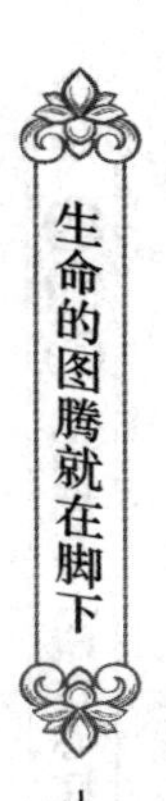

二

康乐在班上很孤单，每天独来独往。他落寞的身影常常落在大家眼里，但大家都假装没看见。有一次，我注意到康乐张着嘴，笑着和他的同桌打招呼，但那个男生瞥了他一眼，又翻了个白眼，然后毅然背对着他。康乐的脸在瞬间涨得通红，连耳根都红了。

沉默的康乐变得愈加沉默，就连上课也听不到他一丝声音。以前，他偶尔会举手，用他乡音浓重的普通话回答老师提的问题，虽惹得大家一阵阵笑，但他似乎并不介意。那次遭了白眼后，他总是低着头走路，连正眼也不敢看班上的同学。

看着瘦小的康乐，看着他低着头走路的背影，我心里有些说不出的难过，觉得我们这样对他是不应该的。但一想到他的出现居然让快乐的茉茉不开心，我就无法原谅他。如果他学习差点也好，大家还会接受他。但他似乎就是鼓足了劲，非得在学习上和茉茉一争高低。

老师最开心了，特别是老班，成天笑呵呵的，年级前两名都在他的班上，能不乐么？开口"康乐、茉茉"，闭口"茉茉、康乐"。有同学向老班抗议，抗议无效。老班说，如果你们也能像茉茉、康乐一样，我就万事大吉了。

有同学偷偷提醒了康乐，让他在学习上不要那么张扬。康乐这时应该是明白了他被孤立起来的原因，但他依然如故，学习的劲头好像比以往更足，有几次考试，分数都超过茉茉了。茉茉的变化很明显，在班上，她不再呼朋引伴，不再一下课就和女生聚堆唱歌聊天。她坐在靠窗的位置，时常在上课时，托着下巴，脸朝窗外愣神。"为什么非得稳坐第一，偶尔第二不也挺好？"我有些想不通茉茉的思想，但不敢去问她。或许吧，习惯了第一名的她，不愿意被别人取而代之。

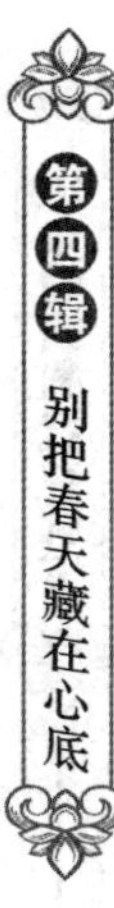

三

康乐的到来，结束了茉茉"一枝独秀"的生涯。那以后，第一名的宝座一直在他们之间轮换，偶尔也会出现并列的情况。康乐后劲十足，每次考试，都是他第一个交卷，第一个离开教室。看着他离开教室，我们羡慕的眼神中盛满了嫉妒。"臭小子，还真狂妄！"我在心里暗骂，有时真恨不得猛猛抽他一顿，这家伙，不上路，欠揍！

寒假时，我陪茉茉一起回学校拿成绩单。老班早就等在教室，看见我们进去，他笑着对茉茉说："不错不错！茉茉同学这次又是年级第一。"茉茉听后，笑了，说："谢谢老师！"看见老班高兴，我就随口问了一句："老师，康乐第几呀?"老班笑容满面地说："康乐也是年级第一，不简单呀，他还得了三科满分，这孩子了不起！"

我偷偷看了茉茉一眼，随着老班的话，她的笑容渐渐凝固在脸上，刹那间变得灰白，连眼神也是空茫的。

老班还在絮絮叨叨地说着话，茉茉已经转身走到窗口。

"老师好！"康乐的声音。我转过头看时，他正急匆匆跑进教室。外面寒风凛冽，他的头发被吹得像早上没来得及叠好的被窝。他一直搓着手，身子颤抖着。

"怎么穿这么少？你这孩子，怎么不知道爱惜自己的身体。"老班说话时，伸手摸了摸康乐的手臂，语气里满是关切。

"老师，我们先走了！"茉茉不知什么时候已经走了过来，她拿起自己的成绩单后，就跑出教室。我顾不得跟老班说再见，也跟着跑了出去。我明白茉茉现在的心情，虽然她依旧是第一，但她知道自己这一次又输给康乐了。

四

春节期间，整个城市仿佛一片欢乐的海洋。我去找茉茉，想邀她出去

玩。去到她家，她正一个人关在房间看书。“我哪有空？好多书都没看完。”茉茉说。在以前，茉茉也爱凑热闹，爱玩，特别是春节时，谁有节目没邀她，她会好好损你一顿，说你太不够朋友，自己有得玩就忘记她。

看着茉茉消瘦的面颊，尖尖的下巴，我知道整个寒假，她一分钟也没有放松过自己。“走吧，出去逛逛，让自己轻松一下。”我说。“不行！真的没空。”茉茉摇头说，脸上浅浅地笑了一下。那笑，看在我眼里，是很无奈的笑，有些惨淡。院子里有人放鞭炮，是“地老鼠”的声音——“吱——叭！”“走吧！赏个脸，陪我出去走走！出去放鞭炮也好呀！”我央求她。过去，只要我这么一说，无论她手中在忙什么事，她都会放手，立马跟我出去。但这次，她态度很坚决，依旧摇头说：“你自己去玩吧！”

从茉茉家出来，我心里恨死了康乐。这不识相的家伙，为什么总要和茉茉过不去呢？心里寻思着，什么时候得找个机会好好教训他，替茉茉出口气。

五

春节后的新学期，离中考只有几个月时间了。一回到学校，大家就自觉进入学习状态。老班说了：“成败在此一举！你们能不能上重点高中，就看这几个月的努力了。”我是没指望上重点的，能上普通高中就不错了。

茉茉在班上几乎不再说话，冷淡的表情像冬日里没有阳光的午后。她不说，不笑，更不哼歌了。上课时，目不斜视地盯着老师，下课后也一脸沉思。那个活泼开朗、爱叫爱闹的快乐天使不见了，整个教室总感觉少了点什么。

已经没有同学再去关注茉茉的心情，大家都在进行最后的努力。康乐前后桌的同学已经开始和他有交往了，他们要询问他难题，要和他对考试的答案。茉茉看在眼里，什么也没有说，只是目光更加冷峻。

一天体育课，老师让我们做了会儿准备活动后，就分篮球让我们自己组

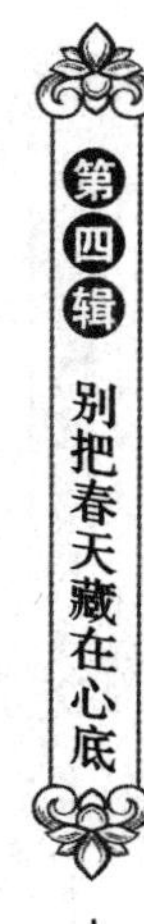

队去打。我们都玩半场，一组五个人。一个篮球场，两队二十个人在玩，满满的都是跑动的身影和此起彼伏的呼叫声。以往，康乐都只有在旁边看的份，还有帮忙捡球。那天，因为一个男生请假，我们队缺一个，就有人叫他顶上来。康乐听到大家叫他时，愣了一下，随后满脸笑容地跑过来。看得出来，其实他很想和我们玩在一起。

康乐分在我这组，他个矮，只能让他当后卫。可能他平时很少玩篮球吧，总是跑不到位，但他一直跟在别人的后面东奔西跑，跑得气喘吁吁。看见他上蹿下跳的，我就来气，突然大声喊了一句："快点！乡巴佬！把球传过来！"那声音很响，可能操场上的同学们都听见了，大家转过头看。康乐愣神的同时，球也抛出去了，却抛给对手。我马上跳起来，把球一下截了回来，却狠狠地砸向康乐，口中还怒骂："你这个狂妄的白痴！"康乐呆若木鸡地站在原地，望着我。"接球！"我再喊。康乐没来得及动，篮球就直直地朝他砸去，重重地砸到了他的脸。全场一阵哗然，所有人都呆住了，连我自己也愣住。

"让你接球你怎么不接？"我没好气地问，心虚，却硬挺着。康乐看了我一眼，眼中满是不解和愤懑。他伸出手捂着自己的左边脸半晌没有说话，篮球落地后，"嗒嗒嗒"滚到一边去。我注意到康乐的脸一会儿就肿胀起来，乌青一片。

茉茉当时就站在篮球场外，她一直看着，没有说话。我不知如何是好，于是故作恼怒地说："不玩了，不玩了，一点意思都没有。"想离开操场时，我听到有女生低声说："真过分，这样欺负别人！"康乐离开球场时，几个男生跟着他一起离开了，女生也跟着去。才一会儿，整个操场上就只剩下我和茉茉。我的脸热辣辣的，好像被人抽了一记耳光。我瞟了茉茉一眼，她也是六神无主，脸色苍白。

这是我和茉茉都没有想到的结果，在中考前，居然是我和她被其他同学孤立起来了。没有人再和我们说话，甚至还有同学说："看茉茉一脸天真，心胸实在太狭窄了，犯得着这样对康乐吗？""那小宇更恶心，讨女孩子欢心也不至于要这样做。""他们两个人……不提也罢，无耻得让人难过。"

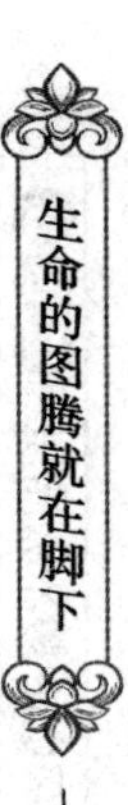

所有的流言蜚语都冲着我们而来。他们围着康乐,有说有笑。康乐没有告诉老师,我没有任何麻烦,但我,还有茉茉,却从此成为同学们心目中最无耻的人。他们遇见茉茉时,远远地就掉头走了。看见我就直翻白眼,还在地上"啐"上一口。

年轻的心仿佛从云端倏地坠入谷底。茉茉的眼圈整日里红红的,我想,她一定是哭了很久。她的成绩退了,从第一退到第三,退到第五,中考前的最后一次摸底考,她的成绩掉到了十名之外。我也无心读书,心里乱得像团麻。

六

中考前一个月,康乐离开了我们班,他的学籍在外地,他得回去参加中考。这一年,他只是跟在市里打工的父亲过来读书,因为这里条件好。

康乐离开后,我才从老班那里知道这些事。心里有些难言的苦涩,说不出口。

如果说青春是一场蜕变的话,我和茉茉都是在经历了康乐的事情后才真正长大的,也学会了宽容和承受。

中考后,茉茉报考了一所远方的中专学校。其实,我知道她的目标是市重点高中,她说过,她要从那里考上中国最好的大学。或许,她是想让自己好好沉淀下来,离开所有熟悉的人和事,她才可以将以后的日子过得从容一些。

收到录取通知书时,茉茉来我家,向我道别。她的脸色依旧苍白,她平静地说:"小宇,过几天,我就要走了……"

望着她惨淡的表情,我难过地说:"对不起!茉茉,是我给你带来的麻烦,其实你不必要到那么远的地方的。"我知道茉茉中考的成绩很高,不仅仅是年级第一,还是全区第一名。

茉茉没再说话,眼泪却扑簌簌滑落。

良久，茉茉哽咽着说：“其实，我们真正对不起的人是康乐！我的狭隘和自私，曾将他伤得那么深……”

我无语，头低着。我已经明白了被人孤立起来的滋味，那种心酸如刀割。何况那时，康乐初来乍到，我还用篮球砸他的脸，所有人都知道我是故意的，我没有勇气向他道歉，直到他离开。

我知道，人生没有橡皮擦，那些犯过的错，不可能被轻轻抹去，它会像一根刺，藏在我心里，时时提醒着我，要善待他人。

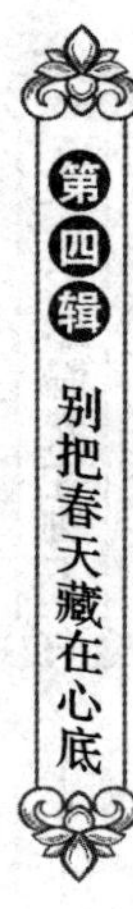

第五辑

此时，就是最好的时机

无论从事什么职业，年龄从来都不是问题，只要选定目标，坚持不懈，就会一天天靠近成功的彼岸。其实，不仅仅学习或是工作，做任何事都一样，不给懒惰找借口。开始行动吧，此时，就是最好的时机！

把手给我

杨列宝

一场百年不遇的特大暴雨，一夜间袭击了这个小山村。村前的流沙河洪水汹涌，水流湍急，老石桥被冲垮，大堤更是岌岌可危。看着依旧倾盆的大雨及暴涨的河水，老村主任一声令下，迅速组织人员往后山上转移。

然而，等村民们扶老携幼跑上山坡，老村主任清点人数时，却不知是谁突然喊了一声："不好，你们看，大堤决口了，妮妮和她爸还在后头呢。"

果然，透过雨幕，村民们发现，不远处的大堤已经开始垮塌，洪水犹如脱缰的野马一样正冲向一个没有穿雨衣，而且还推着轮椅艰难前行的小女孩。

老村主任大急，边喊边往山下跑，可是，还没有等他跑出去十多米，洪水就把那个叫妮妮的小女孩连同轮椅上她的爸爸一下子给冲走了。

妮妮今年十二岁，是十一年前当教师的爸爸，也就是她的养父，在早晨去学校的路上捡来的。三年前，爸爸在学校里管教两个打架的初三学生，没想到其中一个学生在事后竟然找了几个社会上的小痞子，某个晚上突然用棍棒袭击了回家路上的他，导致爸爸双目失明、下肢瘫痪。妮妮的妈妈，也就是她的养母，不愿跟着丈夫受苦，就带着儿子改嫁他人，从此撇下了妮妮和爸爸相依为命。好在有爸爸的伤残赔偿金和政府补贴，父女俩的生活才得以维持。爸爸经常对别人说，妮妮就是我的一切，将来我就全靠她给养老送终了。妮妮虽然瘦弱多病，但却很懂事，小小年纪洗衣做饭样样会，学习成绩也很好，嘴巴还很甜，很招人喜欢。现在妮妮父女被洪水卷走，老村主任和村民们哪能眼睁睁地看着不管不问呢？

就在老村主任一边拼命地与洪水赛跑，一边大声呼叫着妮妮和她爸爸

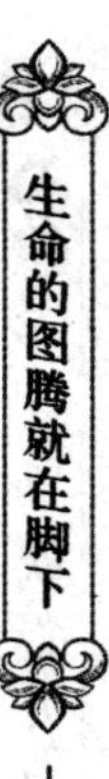

的名字时，也许上天可怜这对父女吧，奇迹突然出现了，一个浪头竟把他们父女和轮椅一下子推到了一大一小的两棵树中间，两人给卡住了。只见妮妮前胸紧紧地贴在轮椅的后背扶手上，背对着汹涌的洪水，顽强地站在齐腰深的水中大喊着："爸爸，赶紧抓紧轮椅，村主任伯伯和好多人都来救我们了，你可千万别松手啊！"

爸爸虽然看不见，但耳朵却好使。他不光听到了妮妮的呼喊，还听到了滚滚洪水的浪涛声和山坡上老村主任的呼叫声。

然而，由于水流湍急，不远处山坡上的老村主任他们，几次下水试图靠近妮妮父女竟然都没有成功。无奈之下，老村主任一边大声地安慰着他们，一边只好另想办法。

爸爸也感觉到了洪水已经在威胁着他们父女的生命，于是，他摸索着一把搂住了前面的那棵小树，马上命令妮妮说："好孩子，不要怕，你不是说旁边还有一棵树吗？快，你赶紧想办法抱住它爬上去好吗？"

"我不！我要保护你！"妮妮果断地拒绝说。

闻听此言，爸爸顿时急了："你这孩子，怎么这么不听话呢？快，赶快爬上去，要不就来不及了！"

妮妮见爸爸抱住了那棵被洪水冲弯了的小树，她感到再不想办法拉住爸爸的手，爸爸就有可能马上被洪水冲走。情急之下，妮妮也不知哪来的一股力量，立即舍弃轮椅，一把抱住了那棵大一点的树干。她一只胳臂紧紧地搂着树干，伸出另一只手大声呼喊道："爸爸，快，快把手给我！那棵树就要倒了啊！"

爸爸闻言，赶紧喊道："妮妮，不要管我了，千万抱紧别松手啊！"

"不！爸爸，快把手给我啊，爸爸——"妮妮一边大喊，一边不顾危险，伸出一只手一把抓住了爸爸的衣服。而就在此时，爸爸抱着的那棵小树一下子被冲倒了。

大雨如注，洪水滔滔。时间一分一秒地过去了，可妮妮却始终没有松手，就那样在洪水中紧紧地拉着爸爸的手，唯恐自己一松手，爸爸就会离她而去。

五分钟后，就在洪水已经漫到了父女俩的胸口时，老村主任和十几位村民终于在上游用绳索相连，手拉手组成了一条洪水中的连环锁链，这才把他们解救上岸。

看着昏倒在老村主任怀里的妮妮那被树干磨得血肉模糊的小手臂，村民们无不感到震撼。他们怎么也想不明白，这个才上五年级的十二岁小女孩，究竟靠的是什么力量在洪水中支撑了这么久？

我要跳到月球上去

薛俊美

周末，响起了门铃声。

打开门，原来是同住一个小区的小威妈。不等落座，小威妈就拉着我的手，开始 ABC 然后 123，话题的主角自然是宝贝儿子小威。

十岁出头的小威，个性十足，学习成绩虽说不是班里最好的，但是也从没掉下前五名。相比同龄的孩子，小威显得成熟许多。平时，也常常来我家找我儿子玩。在我眼里，小威是一个不错的孩子。

小威妈翻过来倒过去地说，我总算听明白了。原来，小威从小就有一个伟大的梦想——当国家主席。可是在小威妈看来，这实在是一个天大的笑话，一个平民家庭的孩子，怎会有这样异想天开的想法，这不遭人嗤笑不知天高地厚吗?!

可是小威坚持认为自己的梦想没有错，在说服不了他的情况下，小威妈只好动用家法，用一场家庭暴力来阻止和铲除小威的妄想。但是想不到小威临危不惧，虽被打，但依然坚持认为自己的理想很伟大，并且不管遭遇什么样的艰难险阻都要去实现它。

看着小威妈咬牙切齿的样子，听着小威妈痛心疾首的话语，想想小威妈当时揍小威的画面，我笑了。小威妈有些不高兴："人家正难受呢，找你来诉苦，你可好，还笑话人家!"

我拉着小威妈的手："实不相瞒，小威妈，我是在羡慕您养了一个好孩子呢。"

小威妈气呼呼地抽出手："还好孩子呢，我都被他气死了!"

“孩子有这样远大的理想,真的是一件好事。有时你家儿子来我家玩,在和我儿子的聊天中,我无意间听到了一些孩子的想法,感到很震惊也很佩服。你想啊,十来岁的孩子,大都喜欢看动画片和肥皂剧,可你儿子只喜欢看军事和国际新闻方面的内容。对于一个男孩子来说,还有什么比关注自己的祖国更重要的事情呢?再说,这孩子并不是不学无术,他的学习不用你担心,他的人格也相当有保障,他只是想长大后为这个社会尽一份责任,尽管目前看起来他想当国家主席的梦想是有点儿大,但是谁又能说他一定当不上呢!有了梦想,加上坚持不懈的努力,不管结果怎样,过程都是非常美好并且有积极意义的。”

听了我一席话,小威妈有点冷静了:“是啊,他的理想并没有错,我只是怕人家听了会笑话我们痴心妄想呢!”

“我倒是认为,孩子有了梦想,当家长的,除了支持,还得帮助和引导孩子实现自己的梦想,这才算是合格的家长。”

小威妈不好意思地笑笑:“也是,我还为这揍了他,是不太应该哈。”

我问小威妈:“知道阿姆斯特朗吗?”

“嗨,你别卖关子了,不知道俺是个大老粗吗?!”

“阿姆斯特朗小时候,有一次在蹦蹦床上兴高采烈地蹦来蹦去,正在厨房洗碗的妈妈不堪其扰,大声问他在干嘛,只有六七岁的阿姆斯特朗回答说,他要跳到月球上去。他的妈妈听了微微一笑,然后对他说,哦,宝贝,你的想法真好,别忘记了回家哦!后来,阿姆斯特朗真的登上了月球,并且是世界上第一个登上月球的人!”

听了我的话,小威妈若有所思。

一个人具备挑战的热忱和梦想,是多么可贵啊,即便是看似有些荒唐和可笑。尤其是孩子纯真热情的心,做家长的一定得懂得保护,千万不要泼冷水,更不要冷嘲热讽,而是走入孩子的世界,呵护孩子的好奇心,说不定有朝一日孩子真的能实现自己的梦想呢!

后来,小威妈跟我说,现在她和先生有空也会陪儿子一起看中央台的新

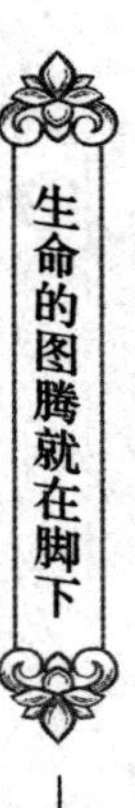

闻频道，一家三口会常常探讨国际和国内的一些政治、军事、经济等一些情况，家中紧绷的气氛好多了，孩子也不再对着干了，主动订计划学习和锻炼，还说国家主席得身体好学习好。以前不爱学习英语的他，还主动天天抽出半小时大声读英语，说是以后当上国家主席，访问一些西方国家时，自己会说英语，就不用带翻译了，给国家节约资源。

呵呵，这个小威啊，还真的有些自己的想法啊。正如阿姆斯特朗的母亲一样，就算孩子说"我要跳到月球上去"，我们也应笑笑回应"好啊，不过不要忘记回来啊"。这个世界，只要努力，一切皆有可能，我们都在期待着孩子的梦想开花的那一天。

此时，就是最好的时机

张军霞

那年，大学刚毕业的他，尝试过很多工作，总是感觉不尽如人意，干不了多久就会辞职。最后，他总算勉勉强强进了一家企业，主管销售英语类的书籍和资料。

在工作了近十年之后，他越来越感觉索然无味，实在坚持不下去了，干脆又一次辞职，租了一间十平方米的公寓，利用手中仅有的积蓄，过起了自由自在的宅男生活。接下来，在近一年的时间里，他整天无所事事，找不到努力的方向，过着完全依赖看电视打发时间的日子，看了一部又一部的肥皂剧。

终于有一天，他在追着看完了一部150多集的肥皂剧之后，忽然对剧情的重复和琐碎忍无可忍，感觉真是无聊透顶，于是他关掉电视机，对着窗外发呆，一连就是几个小时。有时，一只苍蝇飞进来，他也能拿出整整半天的时间观察它。

最后，他觉得再这样整天待在屋内，自己早晚会崩溃，于是，已经很久不愿意出门的他，干脆到大街上去闲逛，当看到路边有一家书店时，就很随意地溜达了进去。在书架上一排又一排的书籍之中，他翻到了一本入门级英语对话书，没想到，就是这本薄薄的小册子改变了他的人生道路。

他把这本书买回去，原来仅仅是为了打发无聊的时光，凭着仅有的一点英语知识，用了三天时间把它读完之后，一种久别的成就感忽然涌上心头，一度枯燥无比的日子，似乎一下子变得有意思多了。于是，他忽发奇想，想要挑战一下自己，又跑出去买了《时代》《新闻周刊》等英语类的杂志。

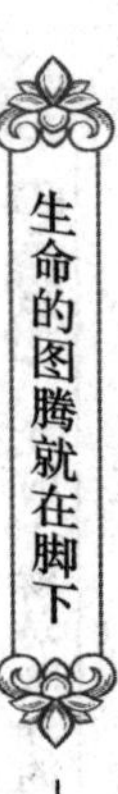

这次，他十分沮丧地发现，几乎有一半以上的单词都不认识。在家里宅了那么久，没有朋友，也没有工作，几乎与世隔绝的他，开始埋头啃各种英文杂志，遇到不懂的单词，他就翻一本花500日元买来的二手英语日语小字典。为了记住更多的单词，除了买书和日用品，他很少离开自己的蜗居，把全部时间都用来学习。

最开始，他每看一页书，大约会有50个单词不认识，家里的小字典里查不到，他又没钱买大字典，只好每隔几天，就跑到书店去翻阅大字典。去的次数多了，店员们就认识他了，每次都主动礼貌地和他打招呼。他反而感觉非常不好意思，为了克服羞愧和“入店偷知识”的罪恶感，只好一边躲躲藏藏，一边快速翻阅。没想到的是，这种不寻常的查阅方式，反而让他加深了记忆，几乎每个查阅过的单词都能过目不忘。

这种疯狂学习的隐居生活，他整整过了七年。直到2011年9月，他想要验证一下自己的学习效果，就抱着试试看的态度，第一次去参加托业考试。令人难以置信的是，几乎没做任何准备的他，居然一下子考了970分。当时，他只觉得考题太简单了，甚至怀疑考官是不是拿错了试卷。

之后，他成了考试专业户，连续五十多次参加托业考试，每次的成绩都从来没低于过970分，最高时达到990分以上。有记者专门跑来采访他，称他为“英语怪兽”。不久，又有很多学校慕名找上门来，争相聘请他当英语老师。数十次托业高分，已经足以证明他的学识，也成了他区别于其他英语教师的唯一“利器”。

他就是来自日本的菊池。现年五十二岁的他，成了日本家喻户晓的人物。他的日程表总是安排得满满的，每天忙碌于各种培训班，向学生们教授“宅在家中学英语”的独家“秘方”。利用空闲时间，他还笔耕不辍，把自己的学习经验撰写成了一本《英语也能如此疯狂》的书。这本书刚刚出版，就受到众多英语爱好者的追捧，那些准备参加托业考试的人更是人手一册。如今，该书已经连续再版三次，日销量最高时达到2000多册，刷新了英语资料类图书的销售记录。

喜欢追随菊池的粉丝越来越多，总有人追问他成功的秘诀。对此，菊池喜欢用自己写在书中的一段话来回答："想要学习一门新的语言，无论你十三岁、五十一岁还是九十一岁，也无论你从事什么职业，年龄从来都不是问题，只要选定目标，坚持不懈，就会一天天靠近成功的彼岸。其实，不仅仅学英语，做任何事都一样，不给懒惰找借口。开始行动吧，此时，就是最好的时机！"

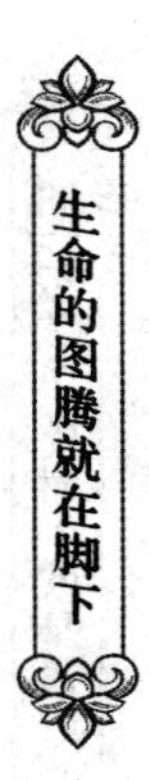

平平常常的面试

汝荣兴

星期一的早晨，单有良天刚亮就起了床，接着，在刷完牙、洗罢脸又匆匆忙忙地吃了点早饭之后，他便一个劲儿地看着自己的手表，嘴里还不停地自言自语："才六点半呀，时间怎么过得这么慢嘛！"

没错，单有良在等时间，而且，这一时间对单有良来说是那么重要：十天前，刚刚大学毕业的单有良参加了一家他很中意的公司的招聘考试，并以优异的成绩通过了书面考试这一关。但这仅仅是初步的胜利而已，今天八点钟才是关键——今天八点钟，公司要对通过书面考试的三十位应聘者进行面试。实际上，该公司此次的招聘录用名额只有一个，也就是说，单有良现在是真正到了"生死存亡"的时刻，所以也怪不得他显得这么不安和焦虑呢。

现在，手表上的指针好不容易走到了七点半的位置。单有良便连忙理了理头发，又整了整衣裳，然后噌噌噌跑下楼去，跳上自行车……

其实，单有良也用不着这么慌忙，因为依照面试者名单的排列顺序，他是最后一个，而且，在轮到他进去面试时，那面试的场面及主考官提出的问题，也根本不像他原先所想象的那样紧张和复杂——主考官只是个年纪比他大不了多少的年轻小姐（听说她是公司老总的秘书），而她提问的内容，也无非是叫什么名字、今年几岁了、是哪所学校毕业的、有什么特长、为什么来本公司应聘，如此等等，实在是简单得很呢。

因此，在轻轻松松地回答完了一切之后，单有良还不由得暗暗地笑起自己来：我真是没见过世面呀，自己把自己弄得这么紧张！

不过，这么笑完之后，单有良又不禁有些疑惑起来：难道面试真的就这

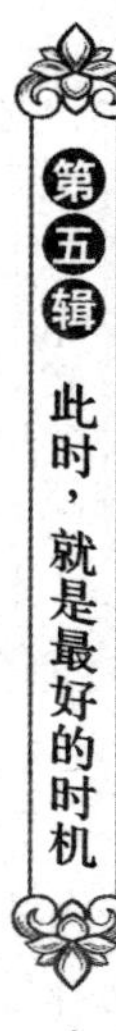

么简单么？要是真的就这么简单，三十个人中又怎么能分出高低来呢？要知道，那些问题可是谁都能百分之百准确无误地回答出来的呢！

就在这时，只见那小姐笑吟吟地走上前来，递给单有良一个已封了口的公文袋，说："面试已经结束，麻烦你把这份材料送到八楼的总经理办公室去吧。"紧接着，小姐又补充说："对啦，楼里的电梯今天正好坏了，所以只好辛苦你从楼梯上去了。"

面试室是在一楼，从一楼走到八楼，当然不是一件很轻松的事情。但这一路上，单有良倒并没有去想轻松不轻松的问题，而是脑子中始终在继续着先前的疑惑：面试就这么结束了？如此简单的面试方法，又怎么能将面试者区分出个优劣胜负来呢？

这么疑惑着，单有良已走到了四楼。正当单有良过了楼梯的拐弯处，准备继续上五楼的时候，看见一个白发苍苍的老人，一只手里拿了个拖把，另一只手拎着一桶水，正在五楼的楼梯上艰难地行进着——这老人显然是公司的清洁工。但不知怎的，见了他，单有良忽然就想起了自己的老父亲，于是他便二话没说，上去一把接过了老人手中的那桶水，道："大爷您歇歇吧，您要上几楼？我帮您拎上去。"

"不用不用，这样的活本来就是我干的嘛。"老人回答说，同时想从单有良手里重新接回那桶水来。

但单有良没有松手，他还对老人说道："大爷您别客气了，反正我的手空着也是空着呢，再说，我这也是顺路嘛。"

就这样，单有良拎着那桶水在前面走着，那大爷在他后面跟着，他们先是到了五楼，接着又上六楼，然后再上七楼……而且，单有良一边走，一边还跟老人拉起了家常：问老人今年几岁了，身子骨是不是硬朗；又问老人家里有几个人，日子过得是不是还可以；还关照老人日后碰上电梯停电得拎水上楼时，一定要小心点，走一层楼梯就歇一歇，千万不能……

单有良说到这里，没料到那老人突然走到了他的前面，与此同时，只听得老人声音朗朗地朝他说道："恭喜你年轻人——从现在起，你已经是本公

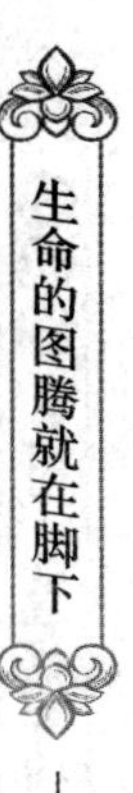

司的正式一员了！”

“这……您……”听了老人的这句话，单有良一时间仿佛坠入了云里雾中，不知道这究竟是怎么回事。

也就在这时，那位负责面试的小姐忽然从楼梯上冒了出来，并指着那老人对单有良说道：“这位就是我们公司的老总，他今天一直拎着水桶等在楼梯上，可前面那二十九位面试者，个个都对他视而不见。”

“是的，我们今天面试的真正题目就是这一道题——有没有爱心。一个缺乏爱心的人，我肯定他是不会真正地爱自己的工作的，也不可能会将自己的工作真正做好的。”老总最后说。这么说着，老总还紧紧地握住了单有良的手。

阳光下的古铜炼渣

吴 华

一种文明、一种古老的青铜文明从黄土的掩埋中被重新发掘出来，这种文明虽然古朴、粗糙，但给人的震撼则十分强烈。

前阵子因工作岗位调整，我每天上下班都要经过“安徽省重点文物保护单位——罗家村古炼渣遗址”。记得第一次经过那儿时，我竟情不自禁放慢脚步，停下来仔细伫目这五个姿态各异的古铜炼渣遗址。它们呈褐色，为巨石状，直径分别在1.4米~1.8米，高约1.2米，据介绍，这些铜渣重量分别在2.1吨~6.6吨。这五堆古铜渣在晨风中静静地像睡着了一样，它们满头满脸惺松的尘土是不是会在我们肉眼看不见的状态下开始簌簌掉落呢？我不知道，但我很关心……

当喧嚣像尘土一样回落，这些古铜渣在宁静的夜幕中，于亘古宁静的深处处于睡眠状态，没有谁会记得它们，甚至去关注它们的一举一动。只有当白昼来临时，它们才又重新显身在这被我们称为遗址的土地上。它们似乎不愿意甚至不屑于向我们诉说。是的，面对一群群惊讶的面孔，听着人们用金钱对古铜炼渣进行估量的喋喋不休，它们欲言又止。这种不被理解的诉说还有什么意义呢？

现称为遗址的土地在尚未被发现之前，只是一个普通山坡，上面覆盖着大面积的森林与绿茵茵的青草，还有许多盛开的野花，一如缓慢悠然的时光。白天，也许会有一头牛、几只羊甚或是一群鸡鸭鹅从这里偶尔经过，饱含汁液的青草给它们留下了有关春天回味无穷的甜美记忆，让它们无暇顾及其他。有时候，牛或羊的蹄子刚好落在它们的头顶，蹄声不疾不缓，从厚

厚的泥土中传递而来，那堆古铜渣稍微睁开闭合的双眼，随即又安祥阖上。蹄声渐渐远去，那堆古铜渣又沉沉睡去。

铜官山，因汉代在此设置铜官而得名，是我国久负盛名的古代铜矿生产基地。据史书记载“齐、梁之代为梅根冶，以烹铜铁”，唐、宋时期规模更甚。著名诗人李白的诗句“炉火照天地，红星乱紫烟”，就生动形象地描绘了当时宏伟壮观的冶炼场景。铜渣是古代炼铜的主要遗物之一，也是反映当时冶炼水平的重要标志。罗家村大炼渣遗址的形成正是汉唐时期铜官山冶炼场多次放渣烧结所致，虽经千年风雨剥蚀，仍如巨石般屹立在铜官山脚下，这不仅是铜陵古代铜矿采冶规模的实物见证，也是我国乃至世界冶铜史上的一大奇观。伫立在它们面前，注目那块黑色大理石碑上雕刻的碑文“安徽省重点文物保护单位/罗家村大炼渣/(汉—唐)/安徽省人民政府一九九八年五月四日公布/铜陵市人民政府一九九九年五月一日立”，我的内心深处顿时涌起一种越来越强烈的感觉，这些古铜渣是一定会醒来的，并且很快就会醒来的。也许在我们感到疲倦而转身的一刹那，它们就纷纷醒过来了，重新开始呼吸，呼吸“中国生态山水铜都”的清新空气；重新开始眺望，眺望“当代中国铜基地”的崭新风采。

有谁知道呢？只有旭日东升，这堆古铜渣才会显身在这块青草覆盖的土地上。只有阳光才能走进它们的内心，走进它们粗糙身体之中的那部分柔软。是的，在那个阳光普照的日子，它们开始动了动自己的身子，披覆着尘埃的眼睛缓慢地睁开来。这个有着温暖阳光普照的日子，让它们心中油然升起似曾相识的感觉。这是一个多么漫长的日子啊，漫长得让这座逶迤的铜官山山峰演绎成了平坦如砥的旷野，成了喧闹繁华的现代都市。

似乎就是在这么一刹那间，它们便完成了由酣睡到眺望的姿势。它们记得身边的这块草地是它们曾经端坐的位置，旁边燃烧着从炉火中溅出来的点点火星。往前走是那条窄窄的、澄澈恬静的小河，几乎感觉不到河水的流动，就像无法听见时间走动的轻微脚步一样。河岸紧连着起伏的山峰，山峰上是深邃的丛林。它们当初就是趟过这条小河，然后才消失在这片丛林的。

在没有任何预感的情况下，它们开始了一生中最为漫长的等待。太阳一如既往地升起、落下。在太阳的抚摸和安慰下，山峰和丛林平息了起伏的躁动，像一个慵懒而恬静的婴孩。在静寂中，它们隐约听见了一阵脚步声正由远而近。几声狼嗥断断续续地传来，仿佛几块粗粝的石头在夜空下肆虐地滚动。它们抬起头尽力眺望，目光所到之处都是一幅静止的画面，在阳光下散发着安详的气息。

这堆古铜渣现在就坐在我身边，仿佛乖顺的孩子在认真听课。这堆古铜渣是我们的先辈在熊熊燃烧的炉火旁堆出来的。而现在，它们的上面除了映着阳光，还有风儿在不停地发出轻微的响声，让它花儿一样的笑容重新绽放在我们面前。在这空旷宁静的清晨，每处细微的声音都逃不过我们的耳朵。我仿佛听见了谁的脚步声，隐隐约约又真真切切。这是远古的先贤们的脚步声，我敢肯定。我的耳旁似乎传来了唐代大诗人李白的吟诵之声："炉火照天地，红星乱紫烟，赧郎明月夜，歌曲动寒川。"眼前也仿佛出现了那热火朝天采矿、烈火熊熊冶铜的动人场景。

这堆古铜炼遗址似乎是在猛然间醒来的。醒来时脸上掠过惊慌失措的神情，心里涌起涟漪似的阵阵愧疚与悔意。它认为自己可能睡过头了，从此再也抑制不住内心的喜悦和战栗。不知过了多久，偶然间有群人发现了它。他们一惊一乍，用尽轰轰烈烈与冠冕堂皇的词语来形容这一发现。也许对它而言，这如同一阵风在树梢上制造出的小小喧嚣与骚动。

这堆古铜渣遗址在我们轻轻的一声呼唤中，它熟悉的身影从尘土中走出来，从容走进全国亿万人民的视野，让大家为之侧目。在2004年中国首届CCTV"魅力城市"竞评中，罗家村大炼渣遗址作为铜陵市的"城市瑰宝"展示了中国生态山水铜都的魅力风采，令全国亿万电视观众为之赞叹和喜爱，更让我们为之惊喜，为之骄傲……古铜渣遗址，你终于醒来了，将历史的接力棒传递给我们，让青铜故里迎着阳光走向未来……

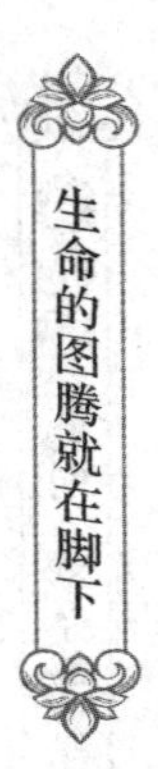

小导演智取大海盗

张宏涛

2013年6月，比利时青年导演罗格来到了索马里，找到了索马里城艾达多镇的泰斯镇长。泰斯是索马里海盗头目哈桑的助手。哈桑是联合国认定的最臭名昭著也最成功的海盗头目，他们在索马里横行八年，劫持过很多货轮，获利无数。不过，他们两人均在2013年1月宣布金盆洗手，并在年初共同说服了另外一个索马里海盗组织，不要酬金地释放了几名人质。

罗格告诉泰斯，自己是电影制片人和导演，想拍一部以索马里海盗为主题的纪录片，想请哈桑做电影的总顾问。取得泰斯的信任后，他得以见到了海盗头目哈桑。哈桑对初次见面的罗格显然不是很信任。罗格只好先不谈电影，转而夸奖哈桑的睿智和英勇：夸他白手起家从穷小子变成巨富是很励志的榜样，夸他金盆洗手是懂得天下大势知道进退，夸他帮助人质获释具有高尚的品德……就这样，他赢得了哈桑的好感，哈桑特意请他大吃一顿，并邀请他在自己家住一段时间，给自己好好讲讲电影，因为他没看过多少电影。

以后的日子里，罗格推荐哈桑看了很多优秀的纪录片，其中不乏大毒枭、赌王等三教九流的大人物。罗格告诉哈桑，最好的电影是纪录片，能记录人的一生并被后人怀念。这句话显然起到了作用，哈桑这个不爱看电影的人，在接下来的四个月里看了上百部纪录片。罗格对电影的渊博知识和对准备拍的影片的设想，让哈桑佩服不已。

在哈桑五十四岁生日这天，上百人参加了他盛大的生日宴会。宴会结束后，罗格问哈桑："你小时候的梦想是什么？"哈桑志得意满地说："我小时候很穷，那时最大的梦想就是变成有钱人，能天天吃到香喷喷的牛排。不过现在，我都吃腻了。”罗格说：“今天有上百人参加你的生日宴会，可是一百年后，还有谁能记得你呢？”哈桑愣住了。罗格又说：“你现在名闻世界、富可敌国，你的一生波澜壮阔、充满传奇……可是，这些都敌不过时间。你不觉得这样很可惜吗？”

听了这话，哈桑陷入了沉默。罗格又说：“如果你愿意，我这部要拍的电影不但让你做总顾问，而且以你为原型，后半部分会让你出场，结尾让你给全世界人民提出忠告。到那时，你会成为国际大明星，你的粉丝会遍布地球每一个角落。即便一百年两百年后，只要一看到这部影片，每个观众都会对你赞叹不已。我相信，这部影片由你加盟和指导，一定会成为经典之作，成为哈佛大学、牛津大学以及世界所有名校导演系的必看影片，我也会沾你的光成为名留青史的大导演。成为大导演是我一生的梦想，你是我的贵人，我相信你早晚有一天会成全我！”

“好！我现在就成全你！”一拍桌子，犹豫了几个月的哈桑终于同意了。不过，他紧接着又说：“把你剧组的人都请来吧！所有的费用我来出，拍摄设备你都要选最好的。钱不是问题。”罗格哈哈大笑起来：“我来之前，就跟我剧组的人说，我肯定能请您出山！但他们都不信。比利时最美的女明星法兰丝还和我打赌：如果您能和我一起回去，她就不要片酬做女主角！现在我成功了！不过问题是，如果我就这样回去，他们不相信我，您不想和我一起回去看他们傻眼的样子吗？法兰丝有‘小赫本’之称，可是比利时第一美女哦，很崇拜您的。另外刚开始的取景地必须在比利时，这样将来才方便全球公映。”哈桑也大笑起来。

2013 年 10 月 12 日，罗格与哈桑、泰斯走出比利时首都布鲁塞尔机场，全副武装等待多时的警方立刻将哈桑和泰斯抓捕，面临他们的将是抢劫、绑架等多项重罪的指控。哈桑这才明白中计了。身陷囹圄的哈桑气急败坏，但更为没拍成电影而遗憾，他托警方给罗格带话：“等出狱后，你必须立刻拍摄以我为主角的电影。”

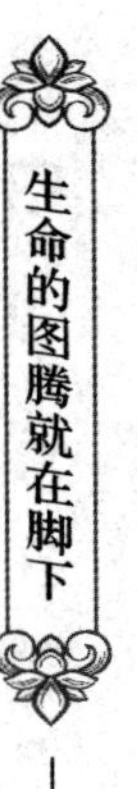

第二天，比利时警方宣布逮捕索马里海盗头目穆罕默德·阿布迪·哈桑。欧盟发言人表示，比利时巧计诱捕哈桑是“打击、制止海盗行为的新突破”，此举显示除普通海盗外，执法部门也开始对头目下手。

原来，罗格是个不得志的电影导演，空有一腔热血和才华，却没有一展抱负的平台。他没有背景，没有人给他投资拍片。迷茫之际，2013 年奥斯卡最佳影片《逃离德黑兰》像一道曙光照亮了罗格迷茫的内心。他产生了一个天才创意，决定反其道而行，以拍电影的名义，将劫持过比利时工程船的哈桑骗出来抓捕。他严谨细腻的计划得到了比利时警方的支持。在经过三个月的特工技能培训后，罗格自编自导自演了这幕大戏。

当得知哈桑的被捕过程后，好莱坞各大电影公司都大呼精彩，争先恐后地向罗格抛出橄榄枝，罗格拍电影的梦想终于能实现了。

让爱好成为你的求职法宝

张宏涛

老板们不喜欢的求职者多种多样，喜欢的求职者却都有共性。看了多期现场求职类节目《非你莫属》后，我终于发现了老板们喜欢的求职者的特点，那就是，要有一个痴迷的爱好。

面试时，老板们很喜欢问的一个问题就是："你在做什么事情时，最有成就感？"老板们问这个问题，不是看你是否有工作经验，也不为别的，他们就是想知道一个人是否有痴迷的爱好。可惜，很多人在回答这个问题时吞吞吐吐说不清楚，或者为了让老板高看自己而故意造假。下面请看三个有痴迷爱好的求职者的例子。

第一个是个超胖的女孩，她说自己在画漫画时最快乐，最有成就感。她喜欢画人物漫画，她展示的漫画作品形象逼真，非常可爱；她还现场飞快地画出了主持人张绍刚的漫画，赢得大家一片喝彩。她告诉大家，她从小就喜欢画漫画，这个爱好超过了一切。在她写日记的时候，她常常用漫画来表示，她觉得画漫画比写文字还要方便。结果，她的画功和她对漫画的热爱感染了在场的十二位老板，大家纷纷向她抛出了橄榄枝。

会画漫画是这胖女孩的优势，劣势则是自己超胖的身材。她告诉大家，在以前求职时，她屡遭挫折，甚至有老板直接对她说："客户看到你的模样就会觉得你比较笨。"但在《非你莫属》的舞台上，她赢得了工作机会，再也不为换份好工作发愁了，因为她的绘画水平和对漫画的热爱打动了所有的人。

第二个是个刚刚毕业的女大学生。她说自己在研究化妆品时最有成就感。一家化妆品行业的老板为了验证她是否对化妆品行业有兴趣，就让她

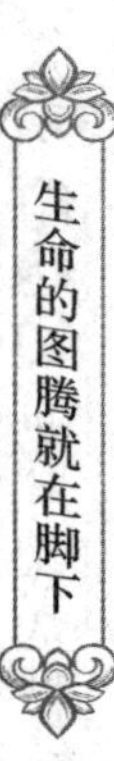

给自己的网站提建议。她干脆利索地提了四个改进建议:按肤质将产品进行细化分类;按消费群体能接受的价格分类;根据客户的喜好和肤质特点,推荐客户适合的化妆品;客户评价时有更详细的选择项而不是简单的好或不好……她的建议具体、实用,连外行人都忍不住喝彩。大家都能看出她确实精心准备过。

有老板问她作为一个学生(大学没有“化妆”这个专业),怎么这么了解化妆品知识?女孩的一番表白彻底打动了全场的老板和观众。她说,大家看我的皮肤不是很好,主要是因为我用过的化妆品太多了。有老板问她用过多少化妆品。她说:“凡是市面上能见到的化妆品,我全都用过。当然,由于我还是学生,那种特别贵的化妆品我没用过,其他全部在我脸上试验过。我对化妆品的了解都是自己试验出来的。”这种研究化妆品的痴迷能不打动化妆品行业的公司老板吗?

第三位求职者说他最有成就感的事情,就是从书中获得知识的时候。他初中毕业,没有什么技术,只能做保安、库管之类不需要太多技术含量的力气活儿。按说这样低层次的求职者是不能引起老板们的兴趣的,但他却偏偏赢得了所有老板的尊重。因为他热爱读书。他告诉老板们,他利用业余时间看了很多书。他求职的要求不高,只要能维持生活就行,还有就是不能经常加班,要给他看书的业余时间。从他看的书目中,大家发现,他是真的喜欢看书,而不是为了功利目的,比如如何成名发财。他就是单纯地喜欢看书,喜欢从书中得到文学和哲学的洗礼。就因为这一点,他得到了众多老板的青睐和尊重。

会画漫画的女孩很多,了解化妆品知识的女孩也很多,书读得多的人显然更多。为什么这三个年轻人能得到老板们的青睐?因为他们不只是会画漫画、懂化妆品知识、看过不少书,更因为他们对自己爱好的痴迷。正是这种精神打动了老板们。

对年轻人来说,老板们最看重的并不是他们已经取得的成绩,而是看他们未来的潜力。如果一个年轻人对某一爱好痴迷过,哪怕现在这个爱好与老板们所提供的职位并不相关，老板们也会相信，假以时日，在公司的引导下，他也会将这种激情用到工作中去。如此，他必然会是个高质量的人才。

你有痴迷的爱好吗？你的回答能让老板们对你青睐有加吗？

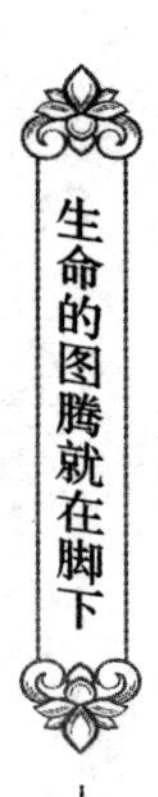

鲜花从来不自卑

王国民

那一年，她十七岁，花一样的年龄。

那时候，她家后面有一片树林，每天上学都要穿过树林才能到达她的学校，因为害怕，所以每次她都要拿根棍子来给自己壮胆。

但不久，她的身边便多了个男孩。这个男孩是刚从其他学校转来的，老师安排他坐在她的旁边。头一天，他看到她手里拿着棍子，很好奇，当他知道原因后便说，以后每天晚上他送她。她低着头，没有说话。

以后，他真的每天都送她过那片树林。她嘴上不说，心里却很感激。她的家庭不太富裕，父亲去世后，母亲就成了家里唯一的支柱。母亲含辛茹苦地把她抚养长大，就是希望她能考个好大学，所以读书自然成了她生活的全部。她对学习以外的事情不关注也没在兴趣。但是，她对他却有了好感。

学校要组织一个演讲比赛，她很想参加，报名的时候，却遭到了班长的讽刺："凭你那乡下普通话也想脱颖而出?！我看你还是读好你的死书吧。"她的心一下子被刺伤了，哭着转头跑了出去。他追上她，想安慰她，但却陷入了深深的沉默。

有一天，他突然对她说："我们去看鲜花吧。"

"看花?"她抬头，一脸惊讶。那是个周末，在绵绵春雨中，他固执地拽着她的手往山上跑。跑到山坡上，她都惊呆了，漫山的鲜花鲜艳夺目，她仿佛跌进了一个童话般的世界。

他盯着她说："你看，鲜花多漂亮啊！它们从来不自卑！"

她甩开他的手，心怦怦地跳着，脸羞得通红。十八岁的年纪，从彼此的

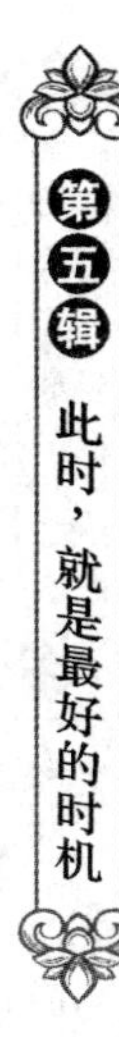

眼神里，他们已经懵懵懂懂地意识到了什么是喜欢，也从中找到了自信。

第二天早上，他的抽屉里便多了一支鲜花，是她送的。她说："谢谢你的鼓励，我没有什么好送你的，一枝花，是我全部的心意。"之后的几乎每一个清晨，她都会跑到山上去朗读，顺便折下一支花，塞在他的抽屉里。

他把那些花儿放在书本里，等花干了就做成标本贴在卧室的墙壁上，每支花的标签里都详细记载着关于这支花的故事。那个夏天，她的演讲比赛拿了全市一等奖，她顺理成章地被列入学校的保送名额中。

很快，高三来临，她的学习更紧张了，但她总是变戏法似的在他的抽屉里塞上一支鲜花。每次望着那一抹抹殷红，他总会傻傻地笑，他记得她说过的话，每一支鲜花，都代表了她的心意。

他们默默地交往着，甚至曾一度构思着两人的美好前程。可是，那年五月，那个伤感的五月，他病了，病了整整一周，也没有再护送她回家。正是紧张的高考时期，她只好住到学校。

那天，她突然来找他，说要给他补课。他吓了一大跳："你疯了？都什么时候了，你还不抓紧时间复习?!"她咬着嘴唇说："我不管，只要你能考上，我做什么都愿意。"他自然拗不过她，她每天下课就来，很晚才回学校，风雨无阻。

因为太累，加上淋了几次雨，她患了重感冒，但她依然没有放弃去他家为他补课，他实在看不下去了，就把她关在门外，狠狠说："你这样，会毁了你自己的。"

最后一次摸底考试，她出乎意料地滑退了二十多名。结果可想而知，原本属于她的保送名额花落别家。她为此大哭了一场，他听说后，把一切责任都揽在了自己身上。

从此相逢，都只是远远地看着，好几次她都想找他说说话，刚迈步，他就跑得远远地，只惊起身后一地的灰尘。

高考结束后不久，她去找他，才得知，他去找抢了她保送名额的那个男生打架，结果被关进了看守所。之后她几次联系他，都没联系到。

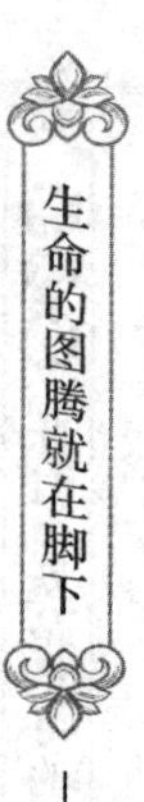

不久，她被北京的一所院校录取，去上了大学。四年之后，她留在了北京的一家外企里，随后从业务员一直做到高层主管，却一直没得到他的消息。

后来，为了寻找他的下落，她特意组织了一次同学聚会，有人告诉她，他去了一个很远的地方。

再后来，她抽空回了一趟老家，从他的父亲那里知道了他的具体地址，之后毫不犹豫地上了飞机。

小城很小，小得连辆公交车都没有，到处都是凹凸不平的地面，他就在一个偏僻的工厂里，住在顶楼。

她进去的时候，他正在听音乐，墙上到处都是花的标本，桌子上摆放着一大盘刚采的鲜花。她的眼睛不由得湿润了，他连忙给她倒茶，很粗很粗的茶叶，她却一口饮尽。

沉默了半天，她忽然问："为什么要到这么偏僻的地方来？"

"因为这里有花，大片大片的野花。"他说。她的眼泪一下子就涌了出来。

那年，他因为打伤了人，没能参加高考，打工，但很多人都瞧不起他，他感到很自卑，就离开了家乡，坐火车去深圳时，看到这个四季如春的小城有大片大片的野花，他毫不犹豫地下了车，在当地的一家工厂里当门卫，这一待就是四年。

她忽然提出要去看花，刚走到山坡上，满山的映山红扑入眼帘，她小心地摘了一朵给他，她说："你看，鲜花多漂亮啊！它们从来不自卑！跟我回去吧，重新开始。"

听到这句话，他突然哭了，并紧紧抱住了她。

第六辑

苦难是一粒种子

生命的成长和延续，总有许多意想不到的事情发生着，就像野草无法避免风雨一样，所以苦难也是一粒种子，不仅考验着生活也锤炼着生命。

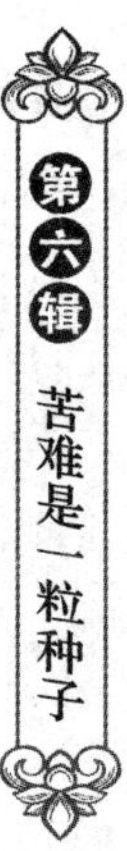

生命的图腾就在脚下

纪广洋

生命之旅中不知为什么会有这么多的险要和劫数，一次次险象环生的事故像预先安排好的特殊课程，不断考验着生命也锤炼着生命。

那是在我刚刚会走路的时候，比我大八岁的二哥用一辆平板车拉我玩儿。当我们走上一座村边的小石板桥时，同村的一个大婶欲拦住车子逗我玩儿，一时没反应过来的二哥，三晃两晃就把平板车推翻到桥下。桥下是一条早已干涸的护村壕，当二哥、大婶眼看着我被平板车整个砸在下面时，二哥惊呆了，大婶则一屁股跌坐在石板桥上吓昏了过去。后来，当路过的人们把那辆平板车掀起来时，他们惊喜地发现，我不仅还活着，而且正嘻嘻哈哈地坐在一个深深的泥坑里嬉戏玩耍着，左手攥着一个大河蚌，右手抓着一条小泥鳅。

原来，在壕里的水断流之际，小桥附近的人家为了存水泡稻草（纺草绳），在小桥的下边挖了一个一米见方的深水坑。平板车翻下时，我正好掉在那个尚有泥水的深坑里，免遭一次灭顶之灾。这是一种幸运的巧合，也有人称之为天意。

一年之后的另一次翻车就更危险，差一点要了我的小命。那是麦收之后稻苗插秧的季节，二哥领着我到一片泥泞的田间去给母亲送饭，回来的路上，遇到一辆已卸下秧苗的地排车（一种两轮农具），酷爱车辆的兄弟俩，便借着道路两旁的矮柳墩（遮住了大人们的视线），过起了车瘾。按二哥的主意，我背对着车厢坐在车子的尾部，他则拧着身子屈起右腿坐到车把上，光用左脚蹬地，两手牵牵强强地扶着车把，玩起了二人都能坐在车上的“一脚

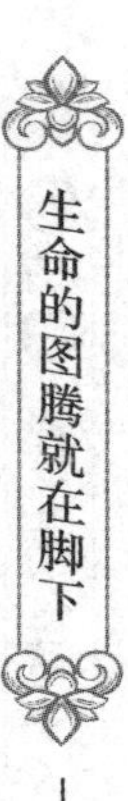

蹬”。早已被秧苗上的泥水弄得滑不溜秋的地排车，在二哥起落有致的蹬击下，像跷跷板一样前张后仰地快速行进着。就在我俩大呼小叫忘乎所以时，车子进入一段又窄又滑的泥水路。当二哥意识到在这种糟糕的路面上无法控制车辆时，已经晚了。车子翻进水沟的瞬间，我分不清是被车尾撅起来的还是自己跳起来的，反正是比车架提前一步跌入水中。就在我眼冒金花、憋得难受，想挣扎着浮出水面时，头顶上却有一个硬邦邦的东西压迫着，再动弹不得……

当我终于苏醒过来时，手里还紧紧地抓着一个弯弯的豆角（那是母亲在地头上刚为我摘的），正趴在一个石质的大碌碡上——家乡的人们总是用这种土办法为溺水者空出肚里的水。这时离出事的时间已经快一个小时了，是闻信赶来的母亲坚持着说，再等等、再等等、再等等，我才慢慢地又能动又会哭了。要是按以往的经验，溺水者十分钟之内活不过来，也就“判了死刑”。

后来，听二哥说，他当时被车把给打昏了，倒在沟边的淤泥里。就在他处于将近昏迷的状态时，似乎听到我在不停地叫喊他，他才噩梦一样苏醒过来。可他怎么也找不到我的踪影，就断定我被砸在了车架下面。当时已来不及喊人求救了，他果断地潜入水底把比他重几倍的车架子掀翻过来，接着从泥水中把我拉出来，然后又抱着脸色铁青的我，一气跑了一里多路，才找到那个碌碡的。

年少的二哥、古老的碌碡、揪心的母亲，再次让我幼小的生命起死回生。一个生命的成长和延续，总有许多意想不到的事情伴随着，就像原野的草木无法避免雷电风雨一样。

还有一次，也是有关地排车的危险事儿，已是多年之后我上高中时的假期里。当时，村北的洙水河上架设新桥，村民们承包了堆起桥基坡度的活儿。那天我是替大哥出工的，与我共推一辆车的是我的堂哥。记得是刚推了第三趟的时候，我和堂哥正在桥坡的下端卸车，两个同村的毛头小伙子从桥坡的上端推着满满的一车泥土往下来，也许是因为载重的车辆在陡坡上

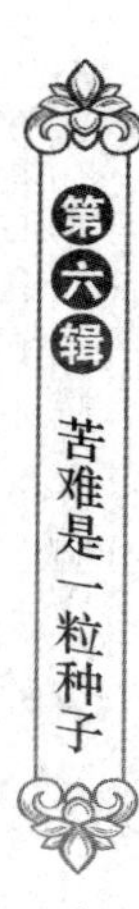

下行的惯性太大，也许是因为那两个小伙子一上来推得太快了。当他们的车辆高高在上离我大约一百米时，两个小伙子的步履已跟不上车辆的速度。而此时此刻，那辆像脱缰的野马一样下行如飞的车辆正好对着我的后背，可我因正全神贯注地掀车卸土，竟是毫无觉察。就在那两个小伙子吓得愣在那里时，在车辆另一侧的堂哥忽然发现了突如其来的险情，他边抬手朝我身后一指，边大声惊叫。我回头看时，飞车离我近在咫尺了。而我的两边是两个拦腰高的车把，也就是说，我被卡在正对着飞车的不到一米宽的空间里。也许是一种本能的反应，也许是一种求生的欲望，我一边转身一边冲着飞车就地弹起，而且弹得特别的高，当我以一种非常潇洒的箭步稳稳落地时，飞车已撞着我的车辆翻滚而过。两辆车都撞得不能使用了，两个小伙子吓得哭了，堂哥也惊出一身冷汗。

人的生命中是有灵魂的，我们常说的灵活、灵敏，就是对人们在思维活动或突发事件中积极进取、不甘落后而做出的反应。我常常想起那个就地弹起的箭步，我们整个身体被支撑在腿上，生命的图腾就在脚下。

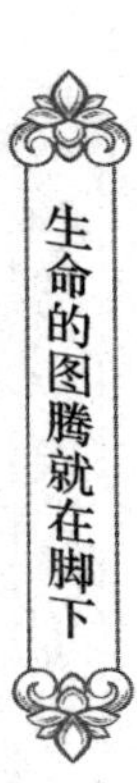

一朵温暖的眼泪花

王举芳

放假后我没有回家,我讨厌那个家,那个家里没有爸爸妈妈,只有一个年迈的爷爷。花光了所有的钱,我也不想回家。

饿得厉害,我已经三天没吃饭了,看着街边小吃摊上的人吃得满嘴流油,我使劲咽着口中的唾沫。第四天,我再也受不了饥饿的折磨,走在街上,我左右踅摸,希望天上掉下个馅饼来。真是天助我也。在一个行人不多的小巷里,我捡到了一个蓝色的钱包,还没来得及打开看,迎面走来一个中年妇女,左看右看,看到我就问:“你见到一个蓝色的钱包吗?”我违心地说:“没有。”

看她走远,终于看不到身影了,我才拉开钱包一层一层翻找,只有几十块钱,虽然有点少,但足以让我吃几顿饱饭了!

找一个僻静的小饭店我走了进去,一个和我差不多年纪的小姑娘在,见我进来,忙过来招呼:“小哥哥,你要吃饭吗?”

我应了一声,要了一盘最爱吃的清炒土豆丝,因为记忆中妈妈清炒的土豆丝是那么那么香。我三口两口就把那盘土豆丝吃完了,小姑娘又给我端来一碗面条,说这碗面条是免费送的,不要钱,我迟疑了一会儿,还是吃掉了面条。

我拖着胀鼓鼓的肚子要离开的时候,小姑娘说:“欢迎你下次再来吃饭,我家饭店位置偏,你以后一定要常来照顾生意。”我笑了,心里充满了被人所求的满足和虚荣。

一连几天,我都去小店里吃饭,依旧是一盘清炒土豆丝,一碗免费的

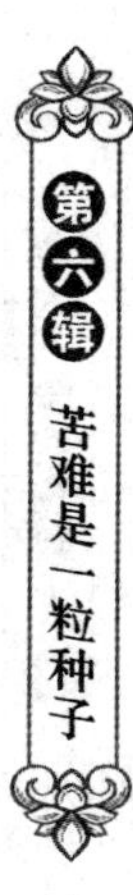

面条。

那天，我去店里吃饭，这是我最后一次来店里吃饭了，因为我又没钱了。那个小姑娘坐到我对面说：“小哥哥，咱们聊聊好吗？”我点点头。

小姑娘说她与奶奶相依为命，奶奶不是她的亲奶奶，但对她特别好。

我不由得也说起了自己的身世。我出生在一个贫穷的小山村，爸爸去世后，妈妈就离家出走了，那一年我才七岁。爷爷又当爹又当妈，拉扯我长大，我今年十三岁了，我不想再拖累爷爷。我对小姑娘说：“以后我不再来吃饭了，我要去闯荡江湖了。”

“不行，你看我们这个小店顾客这么少，你答应我要常来照顾生意的。”还真是，每次我来吃饭，只碰到三两个客人。

“可是……我实话告诉你，我没有钱了。”我脸红红的，不敢看小姑娘的脸。

“没事，奶奶说了，不收你的钱，免费供你吃饭。”

“奶奶？”

“嗯，奶奶出去了，一会儿就回来。”小姑娘正说着，从门外走进来一位中年妇女，我一下子惊呆了！正是那个丢钱包的人。

我走也不是，不走也不是，心跳加速，眼神慌乱，只好故作镇定地望着远方。

“小陶是吧？”奶奶一下子就叫出了我的名字，我十分惊奇地看着眼前这位慈眉善目的长辈。

“乔老师是你的班主任吧？我是她的妈妈，你这小子，可把我女儿气得够呛，我女儿每天放学后都对我说你的‘英雄事迹’，她表面上很生气，我知道她在心里有多爱你们这些孩子，特别是你，这不，听说你放假没有回家，她很担心你，特意找了学校给你留着门，她本来想把你接到家里来，可前几天她生病住院了，这不，特意叮嘱我照顾你……”我听着听着，眼里溢满了泪花。

“奶奶，对不起，您那个蓝色的钱包是我捡到了，我当时因为太饿了，所

以才没有把钱包还给您,您能原谅我吗?"我如果再不说出实话,我想我一辈子都不会原谅自己。

"孩子,我早就原谅你了。那天我在那个小巷来回找了好几趟都没找到钱包,我估计多数是你捡到了,因为钱包没丢几分钟我就发觉了,而且短时间内经过那条街的人除了你我,没有其他人。我听街边的人说你是附近学校的学生,回家我就把你的样子告诉了我女儿,女儿拿出你们班的照片,我一眼就认出了你。她说你虽然调皮,但本质不坏,即使真的是你捡了钱包不还也一定是别有原因,要我一定原谅你。正巧你来吃饭,我就躲到后厨房,我害怕你见到我会逃到别处去,那样,你会难为情的……"我一下子扑进奶奶的怀里,哭得稀里哗啦。

"小哥哥,你看看,你的眼泪都开花了!"小姑娘指着奶奶衣服上那片被我的眼泪洇湿的地方说。

我流着泪笑了,是啊,泪花也是花,从此以后,我的前程将繁花似锦,因为身边有那么多温暖如春的身影。

影子的疼痛也很沉重

石　兵

一

十五岁那年秋天，他成了孤儿。

那天中午，他独自一人走出医院，对面的长街上人声喧哗、车流不息，头顶的阳光温暖和煦、灿烂夺目，他却只感到一阵阵刺骨的冰冷。父亲早逝，相依为命的母亲也去了另一个世界，从此注定他要与孤独为伴。

在家门口，他看到了那个小小的影子，她是他的邻居，比他小两岁，但是，自从十年前他家从农村搬到县城，三岁的她就一直跟在五岁的他身后。这些年，他早已习惯了她的沉默相随，影子是他给她起的绰号，她真的就像是他的一个影子，沉默而执着，不引人注目，但是一直都存在着。

以往的日子里，看到她，他会微笑着对她点点头，然后带着她四处游荡，去那个大广场上荡秋千，去那个小书店里看书，有时还会带着她一起去吃一碗麻辣烫。

但是今天，他的眼神空洞无比，根本无法聚焦在一个可有可无的影子上面。影子默默地看着他打开门，走进屋子，然后"砰"的一声关上了门，影子把脸贴在门上，听到里面传来了撕心裂肺般的哭声。

影子的大眼睛里突然闪动起一抹水花，她捂着脸，默默地离开了。

二

接下来的日子，他顺理成章地退了学，在一片茫然中继续着自己的生命。很快，家里的粮食吃光了，钱花光了，他开始在街上四处逡巡，在饭馆里吃剩饭，在公共洗手间喝自来水，他变得衣衫褴褛，一脸污垢，眼神更加晦暗迷茫。他漫无目的地流浪着，满大街都是陌生的面孔，但是，他却没注意到，在他身后的角落里，一直有一道目光悄然跟随，那是他的影子，一个穿着蓝色碎花衣服的小女孩。

小女孩似乎从不着急，她只是默默跟随着他，有时她也会偶尔现身，帮他收拾一些饭馆中的剩菜剩饭，走到他面前为他擦擦脸上的泥污，但是他几乎对她视而不见。是的，谁会在乎一个影子呢？

他的生活虽然苦涩，但仍然平静。谁也没有注意到，他的颌下渐渐有了胡茬堆积，他的目光从迷茫渐渐变得有些凌厉，他的心中开始思考一个危险的问题：为什么，为什么这一切要降临在我的身上，生命这东西如果如此不公，根本就不值得珍惜！

所有人都无视他的变化，只有一个人发现了这一切，那是他的影子。看到他日渐锐利的眼神，影子打了个寒战，眼神中出现了一抹与实际年龄不符的复杂，里面有一丝迷茫，一丝焦躁，还有一丝温情。

三

他变了。从第一次在一家面包店偷走一袋面包开始，他的胆子变得越来越大，饿了不再到饭馆吃剩饭，而是偷，被人发现了就跑，跑不过就打，他狠得像一头狼，很快，周围的人们都知道了这个孩子是个亡命之徒。

他的身边开始有人聚集，那是些他从前一直避之不及的流氓地痞，那些人看到狼一样凶狠的他，纷纷带着一脸笑容来到了他的面前。影子远远地

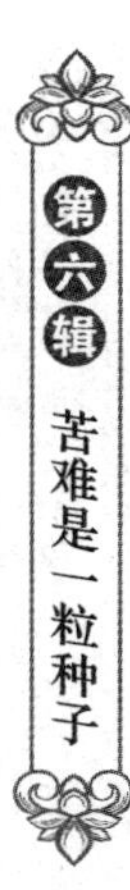

看到了这一切，心中焦急无比。

他不再偷了，因为他需要什么就会有人送过来，作为交换，他经常会拿着砍刀去参加斗殴。他的穿着光鲜了许多，人也胖了不少，但是眼中的戾气却越来越浓烈了。他似乎乐此不疲，似乎只有这样，他才能发泄出心中的不满。这一切，都被暗中的影子看得清清楚楚。

终于有一天，影子走到了他的面前，那时他正带领一些人准备去制造一场殴斗。影子突然从角落中跑了出来，她勇敢地跑到他的面前，伸出细嫩如柳的双手挡在了他的面前。影子的大眼睛里满是泪光，让他不由心中一颤，但是很快，他的眼神再次迷茫起来，对面前的影子渐渐熟视无睹。

这时，他身后的一个小痞子冲上前来，要拖走挡在路上的影子，就在小痞子的双手触碰到影子身体的时候，他突然暴怒，一脚踹倒那个小痞子，然后像疯了一样狠狠撕打起来。

那天，影子一直拦在他的面前，没有人敢再去动这个小女孩。斗殴被阻止了，但是一个星期之后，他被警察抓走了，最终被判了七年刑。

四

在监狱里，他依然是孤独的，像一台机器一样机械而木然，有时，他会突然回头，看看自己究竟还有没有影子。阳光下，他的身后有一团黑色的影子，但是，那影子和他一样机械而麻木。

他绝望了，那个小影子再也不会出现在他面前了。那一天，他被影子阻止之后，那些曾经挂满笑容来找他的人变得冷漠无比，他们给了他一笔钱，然后就消失了，过了没几天，他就被抓进了公安局。

监狱生活平淡乏味，他常常在一个人的时候悄悄想起一些往事，想着想着，就会变得心硬如铁。他告诉自己，生活，在哪里都是一样的，没有人能改变我的孤独。

五

一年过去了,他心中的影子渐渐地淡了,与之一同消逝的还有对生活的向往,他成了狱中的刺头,被加了三年刑,但他并不在乎。

就在这时,影子来到了监狱。当他看到影子与她的母亲站在与他一墙之隔的地方,他的眼睛一亮,但紧接着又黯淡了下去。

影子的母亲对他说,他入狱之后,影子非常伤心,大病了一场,病刚刚好,就要来看他,影子希望他出去之后能到影子家去住。

影子看着他,大大的眼睛里满是眼泪,她举起一张大大的纸给他看,那是一幅画,画中有一个小男孩,带着一个小女孩,两个人蹦蹦跳跳,形影不离。

他看着她,眼睛渐渐模糊了起来,冰冷的铁窗在那一刻轰然崩塌,一些往事如光如电,将他久违的泪水再次唤醒。他明白了,影子想再给他一个家。

他重新燃起了生的希望,那一刻,他终于意识到,自己并不是孤独的,他还有一个不离不弃的影子,这个影子会为他而疼痛,那种疼痛,本就是属于他的,而影子替他承受了这么多,他也该为影子做些什么的。

他想起那件令他一生悔恨的事,那是他与影子之间永远的秘密。

在三岁那年,影子跟随他到一家工厂玩时,因为误食了化学药剂,永远失去了说话的能力。他一直无法面对影子,因为,那瓶药剂,正是他发现之后误给她喝下的。

这是一个真实的故事,当故事的主角向我倾诉这一切时,他身边那个沉默的中年妇女一直用大大的眼睛看着他。虽然历经人世沧桑,但我还是觉得,她的眼睛清澈得令人难以置信。我相信,这清澈的背后必然背负着如一汪湖水般沉重的疼痛,正是这沉重的疼痛,成就了人世间最朴素的爱情,并拯救了一个人的一生。

下在心里的雪

石 兵

他总是固执地认为，在自己漫长的生命中，一定有这样一场雪，它深藏在记忆的角落，氤氲着朦胧的寒意。每当自己被尘世的生活煎熬得疲惫麻木时，它就会悄然而至，轻轻地为自己擦拭去灵魂中的尘土。

他觉得，这场雪，是下在自己心里的，它将一颗心细细包裹，仿佛一只白色的纱巾在包扎一道战栗的伤口，它温柔而细致，把丝丝凉意渗入躁动的伤口，化作滋养生命的水，让生命回归到懵懂的最初。他一直想看清这场雪真实的模样，但他却没有想到，从对心中的雪有了模糊的认知，到最终清晰地感受到它的存在，自己竟然等了整整一生的时间。

这场雪最初的感觉似乎是来自童年，在一次凛冽的寒风中，母亲轻轻拥着他入眠，他在午夜醒来，发现母亲用薄薄的被子把他包裹得严丝合缝，她还用带着甜香的身体紧紧搂着他。他有些热了，刚想挣脱母亲的怀抱，突然发现，母亲长长的睫毛上有一丝淡淡的雾气，她皱着眉头，仿佛在睡梦中仍在抵御着窗外的寒风。他这才发现，母亲把被子都让给了自己，她有大半个身子露在了外面。他伸出小手，轻轻触碰母亲睫毛上的雾气，就在那一瞬间，他的指尖被一丝冰凉击中了，它沿着手指进入了他的身体，悄悄地躲入了某一个角落。

多年后，他确信，这便是那一场雪最初的萌动。

少年时，他喜欢上了看星星，特别是冬天时，天空的星辰明亮澄澈，常常引得他流连忘返。就在看星星的过程中，他发现了一个与自己同龄的她。令他欣喜的是，她也在仰望星空，并与他一样的专注而忘我。他们成了好朋

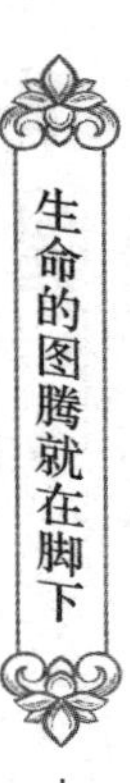

友,相约同看了三年的星星,直到有一天,她告诉他,她要随父母去很远的地方生活,据说那里是城市,楼高得看不见星星。那一晚,他们最后一次看星星,他们看到了一颗很大很亮的流星,它划过天空的流痕深深印在了他的脑海,同时印入他脑海的,还有她用纤细的手指在天空划过流星痕迹的样子。恍惚中,那颗流星仿佛已从天空走入她的手中,又从她的手中走入了他的心里。那颗流星怒吼着,燃烧着自己的身体,灿烂地绽放成了一朵六角形的洁白花朵。

一场雪就这样在他的心里悄悄堆积着。

大学时,他有了一次刻骨铭心的恋爱。那个长发披肩的女孩,从一场漫天飞舞的风雪中向他走来,又在两年之后离他而去,走入了另一场迷迷蒙蒙的雪。虽然以雪为背景的爱情似乎俗不可耐,但他却在其中找到某些隐秘的偈语。风雪中似乎有个声音在对他说,下在心里的雪,能解开你人生中所有的疑问。

他迷惑了,与相爱的人无奈分离,他心中除了悲伤,更多的正是疑问,于是,他潜下心来,追寻心中那一丝雪的痕迹。

他惊奇地发现,母亲睫毛上清凉的雾气变得那么清晰,与他共看星辰的女孩面目却已变得逐渐模糊,而恋爱时那两场相遇又分离的雪其实并没有什么不同。他隐隐感觉到,心中的这场雪正在试图向他诉说着些什么,但他竭尽全力却仍无法听清楚。

毕业后,他很快融入凡俗的尘世,奔忙于工作与家庭的琐碎之中。时光的指针也仿佛被拨快了速度,他觉得每一天都在飞速地逝去,却留不下半点痕迹。

他进入中年,步入老年,经历了得子之喜,经历了丧母之痛,经历了婚姻的触礁搁浅,经历了爱情的跌宕起伏,人生辗转,喜悲无常,心中的那场雪似乎也进入了深沉的睡眠。

突然有一天的晚上,垂垂老矣的他午夜梦回,听到了窗外呼号的北风,刹那间,一股悲怆的情绪如鲠在喉。他想起了母亲最初睫毛上的那丝凉意,

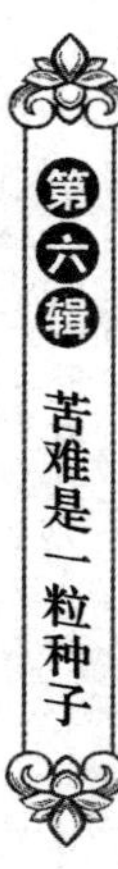

这么多年过去了,那种感觉依然如此清晰;他想起了那个看星星的女孩停留在虚空中比划流星痕迹的手,他想起了带走他纯真恋情的那场雪,他又想起了很多很多。

清晨时,他拉开窗帘,发现窗外下了好大好大的一场雪。他笑了,这个夜晚,在他的心里,同样下了一场涤荡污垢、清洁灵魂的大雪。他知道,在经过漫长的等待与遗忘之后,这场雪已被时光剥落了声音与重量,只余下了无边无际的洁白,但这洁白拥有着包容一切的力量,它已经微笑着接纳了整个世界,和他平凡而温暖的一生。

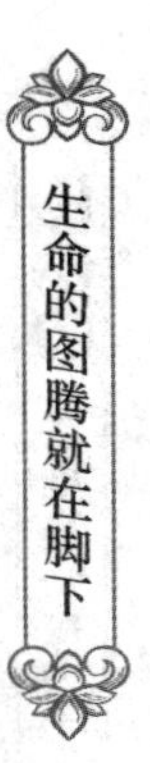

苦难是一粒种子

石　兵

我第一次见到他，是在一个初冬的夜晚，他正在一只旧纸箱中酣睡，他的母亲则在费力地向我兜售一个会发光的音乐陀螺，我不耐烦地推开她想尽快离开，就在她身子一闪的瞬间，我看到了纸箱中的他。

如果不是仔细看，我一定不会认出那是一个人，他蜷缩的姿态僵直生硬，根本不像一个具有自我意识的生命，在昏暗的灯光下，他瘦小的身体与周围缠绕的破旧棉絮几乎融为了一体，要不是那一刻他突然动了动，我是不可能发现他的。

那一刻，我的心像被什么东西剧烈地撞击了一下，我意识到，他还是个孩子，看身形，应该在两岁左右，和我的儿子差不多年纪。

他的母亲看到我突然停顿下来，立刻又饱含希望地凑了上来，继续不遗余力地向我推销那个发光的陀螺。

我问她："多少钱一个？"

她咬了咬牙说："六块钱一个，十块钱可以给您两个。"

我掏出十块钱，从她手中拿过那个陀螺，又看了一眼纸箱中的他，正要转身离开，她突然上前一步，又把一个陀螺塞进我的手里："先生，十块钱两个，您少拿了一个。"

我把陀螺又放回她的手里，对她说："天黑了，挺冷的，孩子别冻感冒了，早点回去吧，这个陀螺给孩子玩吧。"

说完我就转身离开了，她没有再次追上来，走远之后我悄悄回头看了看，发现她还在原地呆呆站着一动不动。

第二次见到他的时候，天空正下着大雪，时日已近隆冬，还是在那个广场附近的街道上。这一次他没有睡，他在一小块没有积雪的空地上，拿着一个发光的陀螺独自玩耍着，他的母亲则在不远处冒着大雪向行人兜售陀螺。不知道为什么，我一眼就认出了他。

我在他的身边停了下来，他停止了玩耍，抬起头看着我。他的小脸冻得红扑扑的，像一个红萝卜，他的眼睛大大的，清澈而明亮，小脸上挂着两行大鼻涕，一脸的惊愕与好奇。我弯下腰想抱抱他，他却突然像一只受惊的小鹿般跑开了。

他的母亲发现了异常的情形，急忙抛开顾客，快步跑了过来，她一把将他抱入怀里，抬起头看向我，正想说句什么，却突然呆住了。

虽然有些令人难以置信，但她确实认出了我。

她冻得通红的脸上迅速堆起了笑容，走上两步对我说："大哥，是你啊。苦种，这是叔叔，你的陀螺就是叔叔送给你的，快叫叔叔！"

原来他叫苦种，真是一个奇怪的名字。

苦种睁大眼睛看着我，又看看手中的陀螺，良久，怯生生地叫了一声："叔叔好！"

这是我第一次听到他开口说话，他的声音很小，发音却很清晰，那一声"叔叔好"在漫天风雪中准确而清晰地钻入我的耳朵，他小嘴中呵出的一小团白气则如一朵白云般迅速融入了漫天的雪花。

我伸出双手把他抱入怀里，他不再抗拒，顺从地偎进我的怀里。他的身体出奇的轻，像一团朽坏的稻草，捧他在手心，我的心禁不住一阵阵生疼。

他的母亲说："大哥，苦种认出你了，他平常根本不让别人抱的。"

我问她："他叫苦种？"

她说："嗯，辛苦的苦，种子的种，是他爹给取的。他爹说这孩子一生下来就是吃苦的命，是粒苦种啊，都怪做爹娘的没本事，可是穷人家的孩子也得发芽嘛，他今年三岁了，能自己照顾自己了，他饿了就吃，困了就睡，平时我也不用多管他，再说，我也没空管他呢。"

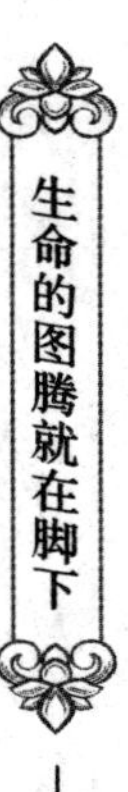

听着她的话，我看着怀中的苦种，苦种突然打了一个大大的哈欠，这么冷的天，漫天大雪，他竟然倦了，这一切，是不是因为他找到了一个温暖的怀抱呢？

我想再买两个陀螺，可苦种娘说什么也不答应，她知道我不是真心想买陀螺，却还是硬塞进我的手心两个陀螺。那一晚，我陪苦种在大雪中玩了好久，一直到目送这一对母子消失在漫天大雪中。

后来的日子，我和他们经常见面，苦种的话渐渐多了起来，每次见到我，他的眼睛都闪耀着一种期盼的神采。我有些疑惑，但很快，我就从苦种娘的口中得到了答案。原来苦种爹在半年前因为一场车祸离开了人世，我想，苦种应该是在潜意识里把我当成他的父亲了吧，他在渴望一种坚强的父爱。

母子俩在城中艰难度日的原因也正是那场车祸，撞死苦种爹的肇事车辆已经找到了，但赔偿的钱款一直没有到位，于是苦种娘从村里来到市里，天天上访寻求法律支持，娘儿俩租住在廉价的出租层，平常就靠贩一些小孩玩具勉强度日。

他们的故事让我感慨不已，我也是农村出来的孩子，对生活的理解与他们有着共通之处。于是，我对这对母子有了更深的关注，逢有周末闲暇，我就请他们来我家中做客，甚至苦种还在我家住了几天，并和我的儿子成了最好的玩伴。

就这样过了半年，不久前的一天，苦种娘突然对我说："大哥，赔款拿到了，我们要回去了。"

我听得一怔，这些日子以来，我已经习惯了与苦种相处的日子，小苦种一直对我非常依赖，我也从他身上得到了一种久违的温情。可是我们都没有意识到，我们的生活轨迹是不可能重合的，苦种毕竟是个外来户，他的家在远在二百里之外的乡下。

送他们走的那一天，我全家都来了，临上车的那一刻，我突然发现苦种娘和苦种脸上并没有任何喜悦的表情，苦种的大眼睛里甚至还含着热泪。那一刻，我知道，这座不属于他们的城市因为某些人与某些事的存在，已经成为他们生命中重要的一部分。

他们不知道的是，在与他们相处的这段时间里，因为那粒苦难的种子，我心中那片一度荒芜的土壤已经焕发出了勃勃生机，被城市的繁忙与人情的冷漠麻木了的心也渐渐复苏了最初的善良。某种意义上来讲，我从他们那里得到的，要远远大于我所付出的。

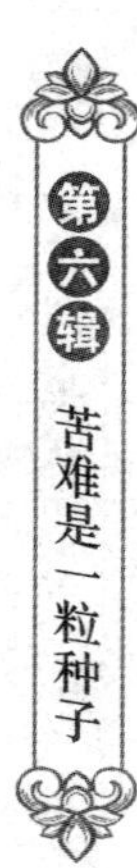

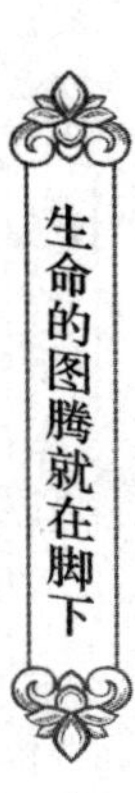

每个人都有自己的缘分

清　心

那天，他本来是偷拿了家里的户口本，准备悄悄跑到民政局，跟心爱的女友登记结婚的。未料，一直反对他们交往的母亲，得知真相后匆匆赶来阻止，最终与女友发生了激烈的争吵。结果是，母亲突发心梗住进了医院，女友一气之下出了国。

她是急诊科的护士，人长得不漂亮，却有一副吴侬软语般的甜美嗓音，说话时柔柔的似行云流水，很是悦耳动听。日复一日，她的笑容像一树的苹果花，在特护病房里盛开得沸沸扬扬。母亲笑眯眯地看看她，再转过头看看他，浑浊的眼睛突然就亮了。

母亲对他说："宝啊，好日子是烟火熏出来的，这个女孩才是适合你的女人，才是你应该娶回家的女人。"几天后，得知她尚无男友，母亲不顾她的羞涩，亦不顾他的勉为其难，执意捉起她的手塞进他宽大的掌心。她的手很凉，似从冰水里刚刚捞出来。他的心突然一紧，想松开，一抬头，看到母亲布满皱纹的脸上正欣慰地洇着笑，笑成菊花瓣。

他握着她的手，心里却想着远在国外的女友。女友是小有名气的服装模特，美丽、时尚、性感，整个人像块磁铁般深深地吸引着他。母亲却不同意，并固执地认为身穿奇装异服、处处以自我为中心的女孩，不过是个供人观赏的花瓶，根本不懂如何过日子。

本来，他以为，只要两个人相爱，一切都不是问题。未料，最后，母亲与女友竟发展成水火不容之势。他是个孝顺孩子，当医生告诉他母亲的心脏随时都可能悄无声息地睡去，再也不能经受任何刺激时，除了妥协，他找不

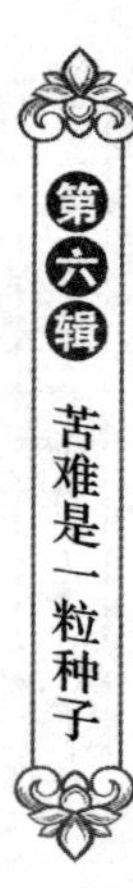

到其他更好的办法。

结婚那天，他给女友发了条短信：今天我做了新郎，新娘却不是你。对不起，在爱情与亲情之间，我最终选择了后者。但，我们的爱，我会一直记得，一直深藏在心里。

等了许久，女友都没有回复。他想，这样也好。从此，两人已是海角天涯，回复了又能如何？还不是各走各的路，各过各的日子。

母亲的眼光不错，她的确是个称职的好妻子。家务做得井井有条，那双灵巧的手，一年四季，阳台上都开满了鲜花。似水流年里，因为有香喷喷的饭菜滋养着，他一天天地白胖起来。母亲在她的精心照顾下，心脏病再未发作，身体亦硬朗了许多。婚后第三年，女儿豆豆出生。长得很像她，一笑，脸上就会露出两个甜甜的小酒窝。

这就是幸福吧？他想。有时，黄昏时分，他会站在阳台上，点一支烟，眺望远方。那里，有他曾经深爱的女友。她结婚了吗？过得好吗？她还记得他们在一起的快乐时光吗？

不过，这样的时刻，如同流星，常常一闪而逝。目光收回，他的心，会重新安放到家里，日复一日地落在母亲、妻子和女儿身上。他想，如果他是叶，那么，她们就是他的根。

就这样，两人风平浪静地过了锡婚、瓷婚。彼时，他的职位已升至正科，女儿也考上了心仪的大学读书。母亲在弥留之际，把他俩的手叠放在一起，只留下四个字：百年好合。

一天，他突然接到女友的电话。虽然一别二十年，但，她的声音，他还是一下子就听出来了。

见面时，女友扑到他身上，失声痛哭。

二十年中，她结了三次婚，亦离了三次婚。她告诉他，因为心里一直想着他，她跟任何男人都无法过得幸福。抚摸着女友眼角的鱼尾纹，他只觉得，自己的心像哪块缺了口，风也灌进来，雨也灌进来。

女友抓住他的手，一脸的激动："离婚吧，现在，再也没有人可以阻挡我们了。”

他怔怔地望着她，良久，抽出手，只说了一个字：“不。”

“为什么？你母亲已经不在了，女儿也长大了，还有什么后顾之忧呢？”女友一脸的不解。

“还有她，我的妻子。”他轻轻地说，目光晶莹闪动。

是啊，母亲虽然不在了，但，他的妻子还在。她跟自己风雨同舟了二十年，两人共同拥有的太多，早已须须环抱，不可分离。

“难道，你爱上她了？”女友伤心地问。

他想了想，若有所思地说：“婚姻不一定非要拥有爱情才能美满。我既然娶了她，就要好好待她一辈子。这份感情，即使不是爱情，也早已成了骨肉相连的亲情。”

临别，他告诉女友，这世界，每个人都有自己的缘分。既然命运为他安排了另一个女人，一定是因为那个人更适合自己。得之我幸，不得我命。他不是不懂爱情，但他更明白，不是所有的爱都能相守，好好珍惜已经拥有的幸福，已然是上天恩赐的一份厚礼。

一树花开，团圆和悦。原来，把旧爱珍藏于心，不和自己的人生较劲，不把自己的生活弄得硝烟四起，和该在一起的人在一起，该怎样生活就怎样生活，该怎样幸福就怎样幸福，是获得家庭美满的一种方式，更是面临感情选择时的大智慧。

花开二度色也艳

清心

吃过晚饭，他放下碗筷，哼着小曲，径自下楼去了。

她发髻散乱地站在阳台上，两手油污，一脸的沮丧。楼下传来他与邻居寒暄的声音。她踮起脚，望了望那个一身悠闲的背影，再看看眼前的杯盘狼藉，一颗心泊满了怨怼。

记忆里，他似乎从未洗过碗。每天晚饭后，不是呼朋唤友来家里打麻将，就是迫不及待地出去下象棋。即使在滴水成冰的数九天气，以及女人每个月那几天身体特殊的日子，这个一起生活了七年的男人，依旧我行我素，对她全无半点怜爱之心。

哎！终究是半路夫妻！两颗心像隔着磨砂玻璃，看似近在咫尺，冥冥中却有一种力量阻挡着，无法触摸，亦不能心无芥蒂地靠近。

跟女友发牢骚时，对方问："他爱你吗？"

她心里一怔，脸上只剩下尴尬的笑。她想，男人如果爱着一个女人，什么事都会替她考虑周全。若是不爱，女人在他眼中，不过是束之高阁的旧衣，再不肯花在上面半分心思。去年春节，她烫了新发型，然而整整一个星期过去，他竟丝毫未觉。她的生日，他几乎每年都会忘记。今年，她特意发短信跟他要礼物以示提醒。令她无语的是，晚上，他兴高采烈带回的，竟是一件与自己去年购买的颜色款式完全相同的风衣。俗话说，花开二度色难艳。她不敢奢望第二次婚姻能收获风雨同舟、相濡以沫的美满，因此，一些生活细节上的矛盾，她只好睁一只眼，闭一只眼，将一波又一波的失望，咬咬牙咽到肚子里。但，令她无法容忍的是，他竟然打着看女儿的幌子，依旧隔

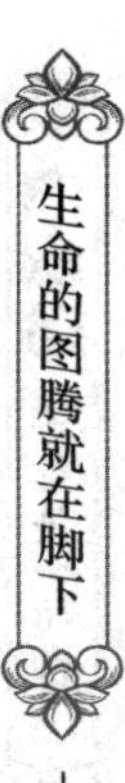

三岔五地帮助和照顾前妻。有时,她甚至觉得,他的世界里,自己才是那个真正多余的人。

她一边洗碗,一边掉眼泪。她真不明白,自己每天重复洗着这些碗,究竟有何意义?

然而,生活的变故往往毫无征兆。未料,仅仅过了一个月,她就不用再洗那些沾满油污的碗了。一场突如其来的车祸,瞬间夺走了她的右臂。望着自己空荡荡的袖管,她的泪,肆无忌惮地流下,心空落得似茫茫荒原。

夫妻本是同林鸟,大难临头各自飞。何况,他们又是形同沙堡的半路鸳鸯。

她握着手机,张皇失措地问母亲:“妈,以后,我怎么办?”

那端,母亲哽咽着,泪淌得比她还汹涌。

他走过来,不容分说,将她揽入怀中:“怕什么!不是还有我吗?以后,我来当你的右臂。”

从此,他果真像换了个人。下班后,同事常常一起吃饭或娱乐,他却直奔菜市场,一番讨价还价后,脚下像蹬了轮子一样往家赶。到家后,一头扎进厨房,一边忙着做晚饭,一边给她讲单位发生的新鲜事。以前,他吃完饭一心想往外面跑,看到家务就发愁皱眉。现在,从洗衣、做饭、拖地,到帮她擦身、穿衣、梳头,等等,竟都能够妥帖细致地完成。尤其是洗碗,曾经是他最厌恶的,如今,早中晚三遍,他竟然极尽耐心地站在池子边,叮叮咚咚地,将那些青花瓷濯洗得清透洁净。

周末,他在阳台上洗衣。三口人攒了一周的衣服,像座小山丘,堆在硕大的洗衣盆里。她靠着摇椅,听他刚刚买回的雅尼 CD。两人之间,流淌着阳光的河。暖暖和和的,像温热的奶茶。

失去手臂后,她为自己的第二次婚姻假设了许多种可能。诸如吵闹、嫌弃、冷暴力,甚至离婚,等等,唯独没想到,他不仅毫无怨言地接受了自己的残疾,甚至,还心甘情愿地把所有的家务都揽了去。

触景生情,她禁不住问:“为什么,现在你对我这样好?”

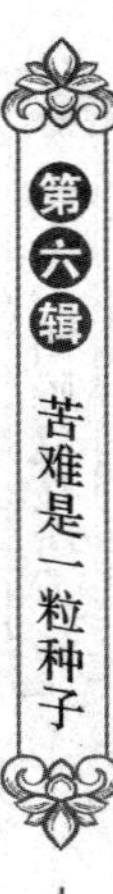

“以前，我对你不好吗？”他反问。

时光的河，唰唰倒流。她在回忆里搜索良久，依然望着他摇头。

他一边晾衣服，一边说：“你最爱吃的葡萄，不论春夏秋冬，我是不是常常买回？每次出差，我是不是都记着灌满备用的煤气？为了让你做饭时省些力气，离开前，我是不是连菜刀都要仔细地磨上一遍？去年，小城疯传地震，我是不是拿着一本书，整整守护了你和儿子一夜？还有，那件你喜爱的风衣褪了色，我跑了大半个城，才买了一款一模一样的送给你……”

幸福的感觉，瞬间将她击中。原来，他们之间不是没有爱的风景，而是，猜疑与抱怨早已蒙蔽了她发现碧海蓝天的眼睛。

情人节，社区举办“恩爱夫妻”联谊会。

轮到他俩发言时，有人问，半路夫妻大多矛盾重重，你们却能做到同甘共苦，有什么秘诀吗？

他淡淡地说：“很简单，去掉夫妻前面的形容词！‘半路’也好，‘第二个’也罢，男人和女人，无论何时走进婚姻，目的都只有一个，那就是共老。与风花雪月的恋爱相比，夫妻之间，更重要的是相伴。无论生老病死，都能守着家的屋檐，一直在一起。”

周围掌声雷动。

她的泪，盈盈而下：“老公，如果可以，我也想为你鼓掌。”

他捉起她的左手，示意她伸展五指，然后将自己的手掌贴上去，两个人，合掌而击。

她开心地笑了，笑得满脸是泪……

骨血

邵恩锁

我平静地躺在 B 超床上，接受医生检查。

说来也怪，自从把一颗肾脏捐给肖一凡之后，自己的身体竟然越来越好了，这也许就像哪吒当年割肉还母、剔骨还父，反而落得一身的轻松自在吧。

肖一凡是我的爸爸，大学教授。自从肖一凡提出和妈妈离婚以后，我再也没叫过他爸爸。我恨他，打心底里恨他。真没想到在我八岁的时候他会和初恋复合，他把人家的肚子给搞大了却拿来当借口求妈妈和他离婚，成全初恋大龄妇女生孩子的愿望。妈妈模样漂亮人又贤惠，做事情更是井井有条……总之，我想不出肖一凡离开妈妈和我的理由，哪怕是牵强一点的也好。没有！除了他那一直没嫁人的初恋的出现。

妈妈竟然痛痛快快地就答应了肖一凡的请求，和他办理了离婚手续。我不理解。我越发痛恨肖一凡。我把这种痛恨发泄到网络游戏上，由此渐渐地迷恋上了网络游戏，有时候会在网吧里玩通宵，直到妈妈挨个网吧搜寻把我给找到，才悻悻地跟她回家去。妈妈曾经大哭着抱着我的头问：原来那么听话、懂事的儿子怎么会变成现在这个样子？我只从牙缝里蹦出几个字：青春期。

通过几天的盯梢，我终于知道了肖一凡和他的初恋女友，不，准确地说是他现任的妻子的家。那天，肖一凡带着妻子、抱着他们的孩子刚开车离开，我便溜到了他们家院子。我快速打碎所有的窗户玻璃，然后用力将手里的半块砖头从玻璃窟窿投进屋子，转身跑开了。

我的学习成绩一落再落，班主任几次打电话叫家长到学校。

肖一凡在学校大门口凝重地注视着走出来的我。我满脸冷漠,从肖一凡眼皮子底下从容地走了过去,嘴里吹着口哨。我眼角余光看到他握紧的拳头,额头上凸起的青筋。后来他变得愤怒,再后来是焦躁不安,在校门口踱来踱去,最后竟是压抑着的悲凉。他该彻底放弃我了吧?我目睹肖一凡表情的一系列变化,一种快意涌上心来。

我生病了,腰酸背痛的,浑身无力。我宽慰妈妈的话说是被青春撞了一下腰。我知道我是被累病的。青春期的叛逆就那么几年,强大的自尊心驱使我奋发图强,高三那年,我"拼命"学习,努力争取奖学金,课外坚持打两份工。我要彻底摆脱经济上对肖一凡的依赖。妈妈带着我辗转几家医院做检查,后来说是精神因素导致自主神经紊乱,属于精神抑郁的一种,需要心理医生来治疗。

妈妈和肖一凡给我带来一位心理医生,我很配合地回答了医生提出的所有问题。

医生很快就确诊了我的病情——焦虑症,因焦虑情绪导致尿频、尿急、虚脱等诸多躯体症状。他告诉我,病的起因与我和父亲的关系有关,焦虑很多时候源于负疚、自责等负面情绪。

莫非我的焦虑情绪是因为潜意识里我对肖一凡的态度感到内疚?如果我能够消除这种歉疚感,我的焦虑会消失,身体才会好起来。

没想到这么快我就有了可以彻底消除我的愧疚感的机会。妈妈告诉我说肖一凡生病了,很严重,尿毒症,根治的方法只有一个,那就是换肾。

"他妻子想给他捐个肾,可惜配型不成功。"妈妈看着我,无奈地说。

"你不会也想给他捐肾吧?你不许去!"我有些愤怒。

"我和他也是配型不成功,最好的办法是有血缘关系的直系亲属。现在最适合的人选只有你,他毕竟是你的亲生父亲。"妈妈痴痴地盯着我,眼里充满了期待。

"他凭什么?就凭他是我的父亲?凭他抛下你和我……"我朝妈妈吼着,跑进自己的房间,重重地把房门关上。

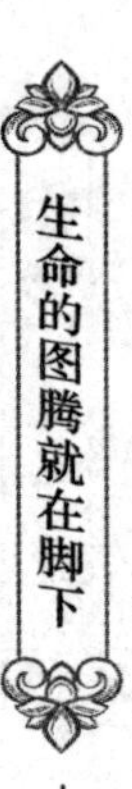

夜里，我辗转反侧。这些年来，肖一凡除了又成了个家，多了个妻子和孩子以外，对我和妈妈还是尽力照顾的，我所有的花销都是他给。我想我应该借此机会还债，像哪吒一样将骨与血还给那个给了自己骨与血的男人。也许从此以后我会轻松起来，彻底摆脱焦虑症的困扰。

第二天早起，妈妈已经等在门口。我告诉妈妈："我可以捐给他肾，从此我们互不相欠。"

妈妈高兴地赶忙给肖一凡打电话，让他做好准备。

医生沉吟了一会儿问我："你做过肾移植手术？"

"嗯。"我漫不经心，思绪飞了回来。

"看来你恢复得很好，移植到你身上的这个肾脏与你的身体非常协调，应该是血缘关系的供肾吧？"

我的头"嗡"地一下，似乎被闪电给击中。怎么会是这样呢？

我一直被父母编织的故事蒙蔽着。难怪我吃的抗抑郁的药总是那几个瓶子，妈妈会不断地往里面添加；难怪做肾移植手术那天我看到肖一凡虽然显得苍老，可是却面颊红润，一个劲地朝我微笑；难怪我这个"供者"会比他这个"受者"还要晚出院……泪水夺眶而出，我不知道是怎么走出医院的。

我自责我的粗心大意，我在心底里叫着他的名字，更准确地说是在叫肖一凡，我的爸爸。

爸爸！

生死兄弟

邵恩锁

小鬼子将无名高地围得铁桶一般，密集的炮火各处开花，不断有战士被炸飞。战士大个李和王彪趴在战壕底下不敢抬头。炸弹掀起的尘土不断落在他们的身上，把他们给埋上了。

夜幕降临的时候，鬼子停止了炮击，战场上死一般沉寂。大个李先从土里钻出来，晃了晃脑袋，抖落满身的尘土，然后赶紧用手扒拉身边埋着的王彪。王彪"吭"了一声，把头探出来，大口地喘着气说："我还没死吗？"

大个李对王彪说："小鬼子的火力太猛了，阵地八成就剩下我们俩了，不能这样等下去，要找机会突出去才行。"

王彪往大李身边靠了靠，对着大个李模糊不清的脸说："你怕吗？"

"不怕，自从参加抗战，俺从没含糊过，就是怕死在这里，家里瞎了眼的老娘没人照应。"

王彪低声说："我参军那时候刚结完婚，我那媳妇可是当地最漂亮的人儿。"王彪说到这，自豪地笑了笑。夜色下仅能看清他两排洁白的牙齿。一会儿他对身边沉闷不语的大个李说："如果我撂这了，你就到我家去把我媳妇给娶了吧，交给你我放心。"

大个李说："如果你能脱险，麻烦兄弟去一趟山东，找到俺的老娘，替俺尽几天孝，把她老人家给发送了，也了了俺的心愿。"

兄弟俩就这样约定好了，借着战场上残火的光亮，他们蘸着伤口上的血在内衣上写下对方的地址，然后在夜色掩护下分头摸向了鬼子的阵地。

王彪没走出多远，一脚踩空掉进一个炮弹坑里，脑袋和一块石头撞在了

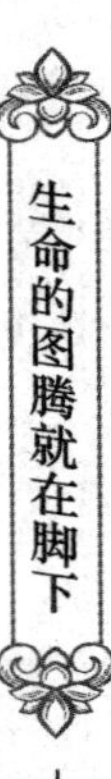

一起，不省人事了。小鬼子打扫战场的时候以为他是死尸，也没注意，等鬼子部队离开后，王彪才清醒过来。后来，王彪找到了大部队，随部队一起南征北战。

抗战结束了，王彪请假说回家探亲，组织上批准了。

当王彪出现在自己家大门口的时候，王彪媳妇春花正在院子里用簸箕挑豆子里的土坷垃，看见他就像是见到了鬼一样，手里的簸箕“啪嚓”掉在了地上，一簸箕的豆子满地乱滚，好半天才回过神来，转身就往屋跑。

王彪被媳妇的举动弄得丈二和尚摸不着头脑，大步流星跟了进去。

王彪进屋一看，春花满脸热泪，正在灵位前说：“天杀的，最后给你上一炷香，你活着还这样折磨我？”

王彪走上前，搀扶起惊魂未定的春花，一边帮春花扯下墙上写着的王彪名字的黄表纸，把装得满满香灰的香炉扔进了院子。他问春花：“你以为我死了？”

春花抹着眼泪说：“谁能信你还能活着？抗战结束这么长时间了，人家活着的哪个不回家团聚？况且早有人把你的抚恤金都拿来了。”

“什么抚恤金？”春花的话给王彪搞的一愣。

春花说，两年前，大门口来了个一条腿的人，开始以为他是要饭的，想给他拿个大饼子，可那个人不要，问春花的丈夫是不是叫王彪，春花说是呀，大个子从怀里掏出三块银元，说王彪战死了，这是部队给家属的抚恤金。春花一屁股就坐在了地上，像所有失去丈夫的女人一样，好一顿哭。那个大个子就站在那一声不响地看着她。后来，春花哭累了，也就想通了：当兵打仗的哪有不死人的？春花听那个人的口音是山东人，又是一条腿，想让他进屋歇一会儿，给他做口饭吃，哪知道那个人说啥都不肯进屋，只要了一瓢水，在大门口喝了，然后就拄着棍子走了。

王彪听到这里，泪水“哗”地流了下来。问：“你知道那个人的下落吗？”

春花说：“他没走远，就在咱村子的土地庙住下了。”

“那是大个李呀！我同生共死的好战友！我为啥这么久才回来？就是

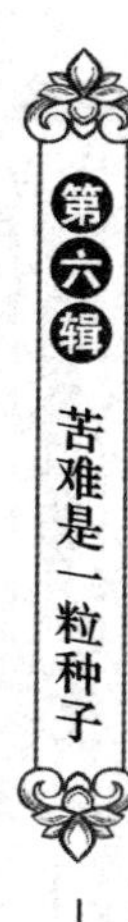

去了山东找他，他们家的村子被鬼子夷为了平地，我四处打听也没打听到他的下落。走，你带着我找他去。”

春花告诉王彪，说那个人有点怪，能吃苦肯下力，就是不愿意成家，有人给他张罗说个媳妇，他说什么也不干，每年就靠着给人家打点短工过日子，来村子就再也没有离开过。春花哪里知道，大个李一直在暗中保护着她呢。大个李自知丢了一条腿配不上春花，又不愿见到春花吃苦、受人欺负，所以就在距离春花家不远的土地庙安了家，春花那里有个风吹草动的他立马知道。

王彪和春花匆匆忙忙来到土地庙，打开庙门往里一看，只见一个一条腿的大个子正坐在院子里编筐。

“李大哥，你还认得我不？我是王彪啊！”王彪激动地喊。

大个李愣愣地看着眼前的王彪，随手一摸把拐杖拿到手拄在腋下，叫着：“兄弟，你还活着？”

王彪一把抱住了大个李，两个男人紧紧地拥抱着，粗犷地哭着。

原来，大个李在那次突围时没有王彪那么幸运，被鬼子的流弹击中了，等他醒过来的时候是在一个老乡的家里，一条腿已经保不住了，老乡给他请了郎中包扎伤口，按时给换药。大个李在老乡家足足养了半年，他琢磨着自己已经残废了，回到部队也只能给部队添负担，不如回家照顾老娘去！他不顾老乡的反对，拄着拐棍回了山东，到家时老娘已经奄奄一息了，大个李伺候不到半个月，老娘就撒手人寰了。鬼子又来扫荡村子，大个李埋葬了老娘，心想：反正在山东也没什么亲人了，不如去东北看看王彪回来了没有。大个李带着母亲留给他娶媳妇的三块银元就上路了。

春花听到大个李的讲述如梦方醒：“难怪我家的土豆该起了会有人给挖出来堆在地头等我往家拿，春天地里有人给间苗，夏天锄草……还有，你给我的三块银元……没想到是你李大哥一直在暗中帮助我。”春花眼含热泪，不断抽泣着。

“走，大哥，跟我回家去。今后我家就是你家，春花就是你的亲妹子。”王

彪说。

大个李推脱不过，只好随王彪夫妇回了家。后来，他们专程去了趟山东，给大个李的老娘上了坟。

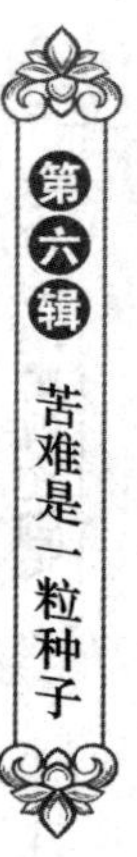

有对手的青春不寂寞

冠豸

一

十五六岁的年纪,自尊心特别强。

虽然我知道,父母下岗后到市场摆摊卖菜没什么丢人的,但在年少的虚荣里,我还是不希望被同学们知道这事。

开始,我根本不愿意到市场去帮忙,害怕遇见熟人。但天天看着父母早出晚归,累得连腰都直不起来时,心里就备受煎熬。于是,有空时,我会硬着头皮去市场替换一下父母,让他们歇一会儿。我心疼他们,亦明白,父母所有的辛劳都是为了这个家。

我怎么也没有想到,暑假里的一天傍晚,我和妈妈一起卖菜时,会遇见我的同学吴昕,她是我在班上最强劲的竞争对手。虽说同学两年了,但我们没讲过几句话,青春狂妄的年纪里,我们就像两只骄傲的孔雀,谁也不服谁。

本来我们恪守着"井水不犯河水"的原则,没想到,我在市场卖菜的秘密居然被她发现了。看见她时,我想躲已经来不及了。她愣愣地看着我,眼睛睁得老大。好半天后,她才惊讶地挤出一句话:"你在这儿卖菜?"我的脸瞬间涨得通红,仿佛被人掴了一记大耳光,气急败坏地说:"关你什么事?"

摊子前挤了几个买菜的大妈,她们挑挑拣拣,讨价还价。我心慌意乱,支吾其词,再没有往日里的利索劲儿。

低低瞥了吴昕一眼,在她脸上我看到了两个字:奚落。

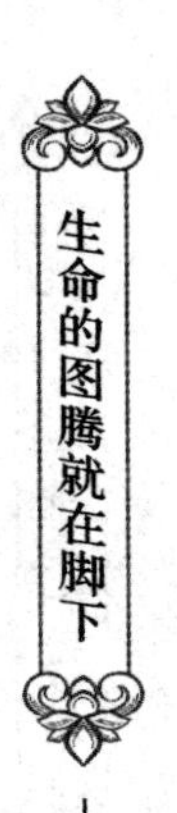

二

开学后，我们上了初三，老班重新排座位后，我们居然成了同桌。

这是我无法忍耐的事情，当时我就举手向老班反对，但吴昕却马上整理好东西搬了过来。想天天嘲笑我么？我愤愤地想。在她坐下来朝我露出一个意味深长的笑脸时，我给了她一记“白眼球”，而心里却是忐忑不安。

她果真把我在市场卖菜的事告诉了其他同学。有一天轮到我值日，自习课时，一个女生一直在与同桌说话，我走过去低声提醒她不要影响其他同学。那女生却扬起头，一脸不屑地指着我说：“你以为你是谁呀？一个卖菜的也来管我？”

班上的同学闻声，齐刷刷地把目光集中过来，嘲讽、惊奇，各种目光交织在一起，将我笼罩，让我恨不得有个地洞可以马上钻进去。他们怎么也想不到，一向张扬、自信的我居然会在闹哄哄臭兮兮的市场里卖菜。

我也傻了，脸绯红，连反击的语言都没有。

吴昕听到后，慌忙跑过来，阻拦住那个与我吵嘴的女生，目光却躲闪着，她不敢看我的眼睛。我急促地喘息着，怒火中烧，目光如刀狠狠地剜着吴昕。她张了张嘴，似乎是有话想对我说，但在她走向我时，我狠狠地推了她一下，她没防备，整个人摔得仰面朝天。

应该很痛吧。吴昕楚楚可怜地哭开了，“嘤嘤”的哭声让我有一种沉溺的无力感。“谁让你多嘴！”我倔强地说，心里却是慌乱，挺后悔自己的冲动，但让我当众扶她起来，向她道歉，我做不到。

“真野蛮！居然动手打人。你本来就在市场卖菜，难道是我说错了？”那个挑起事端的女生不合时宜地火上加油。几个女生扶起坐在地上哭泣的吴昕时，不满地指责我。

刚刚涌起的一点歉意即刻消失，只是在众多的指责声中，我无力反驳。

我恨死了吴昕，用眼泪换取同情，让我在瞬间被大家孤立，就连那些平

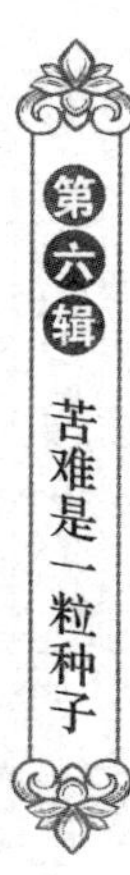

时和我交往不错的同学都不屑再跟我一起了，他们说我没素质。

那段时间里，我成了孤家寡人，种种流言蜚语针尖般刺得我心痛。我成了一只闷葫芦，对生活充满厌倦，对身边的人也充满敌意。我的成绩开始一落千丈，我无所谓，还变本加厉地开始逃课。

老班来找我谈话，我冷着脸，一声不吭。在她焦虑的眼神中，我看出了她恨铁不成钢的心痛。她也找过吴昕，她想不明白，只是一件小事，我为什么如此沉沦？只有我自己知道，那种心灰意冷的痛楚。

三

面对我的横眉怒目，吴昕再也不敢正眼看我。一丁点的小事我都会大发雷霆，在学校是这样，在家亦是如此。

父母不明白我发生了什么事，一脸关切却什么也不敢问。我也不喜欢这样的自己，像只刺猬，但我执拗地坚持自己的冷漠和孤傲，觉得全世界的人都亏欠我。

暗夜里，我躺在床上，思绪如云。我一次次地回想那天发生的事情，那些嘲笑、那些指责仿佛还回响在我耳边，泪水，悄然滑落。

我没有看不起我的父母，我明白他们的辛劳是为了我，我只是不希望被同学知道他们是卖菜的，这有错么？我也知道这是虚荣心在作祟，但十五六岁的年纪，谁不要一点面子？想到吴昕给我带来的伤害，我决定不原谅她。

每天坐在一起，我都不给吴昕好脸色看。她的成绩一如既往的好，而我已经难以与她匹敌了，我对学习失去了热情。

有一天刚下课，她盯着我，支吾其词。我不屑地瞟了她一眼，目光冷峻，然后把头扭向一边。其实，看得出来，原先总爱喧闹的她自上次的事情后也沉默了很多，虽然她的成绩赢过了我，但她一看见我，就会不由自主地把头垂下。

"殷子，对不起！上次的事情……"她的声音很轻，但我听清楚了。这个从不肯认输的人，居然开口向我道歉，而且是在她被我推倒以后，在我被众

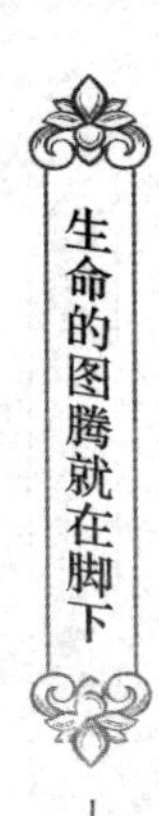

人孤立时。

我保持姿势不动。

“看见你现在的样子，我很难过。我的原意不是这样的，对不起！”

我依旧不动，但眼角渐渐濡湿。在这段被人孤立的日子里，我只是用冷漠来掩饰自己内心的惶恐。我没有自己想象的那么坚强和不在乎，面对从来没有过的不及格的卷子，我的心会痛；面对父母焦虑的眼神，我会难过。

吴昕走出教室时，塞给我一张折叠成纸鹤的字条。

“殷子，对不起！上次的事情是我的错，只是那不是我的本意。在市场看见你的那一刻，我对你充满了钦佩。我佩服你能够身体力行为父母减轻负担……是我请求老师调我和你一块儿坐的，我想成为你的朋友，在学习上互相竞争也互相帮助。我没想到，事情到了后来，会那么深地伤害你。对不起！”

吴昕真诚的言语让我阴郁的心里一阵释然。其实仔细想想，如果不是我自己“死要面子”，父母卖菜的事，又有什么见不得人呢？

四

“殷子，一起出去走走吧！”又一天下课后，吴昕主动邀请我。

我笑着答应了，牵着她的手一起走出教室。其实自上次看完她给我的字条后，我就想主动和她合好，但碍于面子难以开口。

还好，吴昕善解人意，给了我一个台阶下。

解开心结，我与吴昕成了无话不说的好朋友。每个周末，写完作业后她就陪我去市场卖菜，还美其名曰：体验生活。但我明白，吴昕是用自己的方式，来表达她对我的尊重，还有对这份友情的珍惜。

我们是好朋友了，但在学习上，我们依旧是最强劲的对手。

我喜欢这个对手，有她的存在，我斗志昂扬。就像吴昕说的：对手，就是自己的另一只手。我尊重吴昕这个对手，因为她是我最好的朋友。

有对手存在的青春，我们不会寂寞。